www.tredition.com

AF198456

Thomas Grieser, geboren 1971 in Bochum, ist nicht nur studierter Germanist, sondern auch begeisterter Wassersportler und hat das bekannte Ausweichmanöver, das die *Titanic* vor dem Eisberg retten sollte, schon selbst gefahren (allerdings mit einem etwas kleineren Boot) ...

Viele Kinder und Jugendliche kennen mittlerweile seinen Bestseller „Mobbing macht doch jeder!" und benutzen diesen Satz mit feiner Ironie, um gegen Mobbing vorzugehen.

In „Wir retten die Titanic!" erzählt er nun die fantastische Geschichte von Robert, William und Vicky, die zurück auf die *Titanic* reisen und das größte und schönste Schiff der Welt erkunden. Sie erleben den letzten Tag hautnah und versuchen alles, um die Vergangenheit zu ändern und die berühmte *Titanic* zu retten.

Wer dieses Buch gelesen hat, kennt sich auf der *Titanic* aus und weiß, was damals passierte ...

Übrigens: Wenn du Thomas Grieser schreiben möchtest – er freut sich immer über nette Mails: thomas@thomasgrieser.de

Oder schau doch einfach mal auf seiner Website vorbei: www.thomasgrieser.de

Thomas Grieser

Wir retten die Titanic!

(Ein Abenteuer auf hoher See)

www.tredition.com

2. Auflage Dezember 2021
© 2019 Thomas Grieser

Lektorat: Klaus Weiß
Korrektorat: Petra Schmidt
Umschlaggestaltung: Kathrin Weidenfels
Covermotiv: © iStock.com, Sven Bachström
Foto Thomas Grieser: Michaela Wenck

Verlag und Druck:
tredition GmbH, Halenreie 40-44, 22359 Hamburg
Website des Autors: www.thomasgrieser.de

ISBN:
Paperback: 978-3-7469-2154-9
Hardcover: 978-3-7469-2155-6

Bibliografische Information der Deutschen Nationalbibliothek: Die Deutsche Nationalbibliothek verzeichnet diese Publikation in der Deutschen Nationalbibliografie; detaillierte bibliografische Angaben sind im Internet über http://dnb.d-nb.de abrufbar.

„Größe ist immer gefährlich."
(Voltaire, 1694–1778, französischer Philosoph)

Vorwort: Liebe Leserin, lieber Leser!

D ie *Titanic* ist bis heute das berühmteste Schiff der Welt, obwohl sie schon vor mehr als hundert Jahren, nämlich am 15. April 1912, untergegangen ist.

Alle Kinder und Jugendlichen, die ich kenne, verbinden mit der *Titanic* automatisch die Begriffe „Eisberg" und „Untergang". Wie kommt das bloß, warum hat fast jeder schon davon gehört? Jetzt könnte man sagen: Weil es so viele Bücher und Filme über sie gibt … aber das ist nur die halbe Wahrheit! Die vielen Bücher und Filme gibt es ja nur, weil uns die *Titanic* so fasziniert.

Drei Jahre lang baut man am größten und modernsten Schiff der Welt, damals ein technisches Wunderwerk. Dann fährt es los und rammt bei seiner ersten Fahrt über den riesigen Atlantik einen Eisberg, der zufällig im Weg ist.

Wenn man wenigstens haushohen Wellen und einem kräftigen Sturm die Schuld geben könnte! Nein, das Wetter ist gut, nur dieser Eisberg, etwa hundertzwanzig Meter lang, reißt ein paar Löcher in den Rumpf. Und die sind zusammen nicht größer als ein normaler Schreibtisch – fast lächerlich!

Und so sinkt die *Titanic* so langsam, dass mehr als genügend Zeit gewesen wäre, alle Menschen zu retten, wenn man bei der Konstruktion nur daran gedacht hätte, dass so etwas passieren könnte.

Aber jetzt läuft alles schief, aus vielen kleinen Fehlern wird eine chaotische, riesige Katastrophe.

Und das alles begleitet von fröhlicher Tanzmusik.

Und so glaube ich, dass die Geschichte der *Titanic* etwas ganz Besonderes ist.

Nicht ohne Grund sagt der irische Philosoph John Wilson Foster:

„We are all passengers on the *Titanic*."

Wir alle sollen Passagiere auf der *Titanic* sein?

Was meint er damit bloß?

Vielleicht dies: Irgendwie haben wir alle auf der *Titanic* eingecheckt, sie erzählt uns etwas über das Leben: über Glück und Unglück, Reichtum und Armut, Mut und Feigheit, Leben und Tod.

Wie muss das gewesen sein auf diesem traumhaften Schiff in dieser schrecklichen Nacht?

Eine sternklare Nacht mitten im Atlantik, das riesige Schiff rauscht durch die ruhige See, die Menschen an Bord leben, lachen und feiern – und plötzlich passiert es!

Die meisten merken davon nichts und wissen gar nicht, dass ihre letzten Stunden auf dieser Welt begonnen haben.

Dies ist die Geschichte von Robert, William und Vicky, die ich auf meiner letzten Reise nach Irland zufällig nach einem Museumsbesuch kennengelernt habe.

„Ein Museum?", wirst du jetzt fragen.

Ja, es stimmt, die meisten Museen sind eher langweilig, aber dieses Museum, nämlich das *Titanic*-Museum in Belfast, hat direkt etwas mit der Geschichte zu tun.

Ich hatte eigentlich gar nicht so viel Zeit, weil ich mir noch so viel in Irland anschauen wollte, aber dann saßen wir viele Stunden zusammen, bei Unmengen von Eiscreme, Chips und Cola.

Und ich gebe zu, dass mich ihre Geschichte zunehmend fesselte. Die drei behaupteten nämlich, auf der echten *Titanic* gewesen zu sein und alles versucht zu haben, um das Schiff und die Menschen zu retten.

Reine Fantasie?

Sie haben mir jedenfalls Stein und Bein geschworen, dass sich alles, was sie mir erzählt haben, auch so zugetragen hat. Und sie haben mir erlaubt, daraus ein Buch zu machen.

Also, lieber Leser: Starten wir – und bilde dir bitte selbst ein Urteil, was du davon hältst!

In diesem Sinne viel Spaß!
Thomas Grieser

1 Eine merkwürdige Begegnung

William war jetzt fünfzehn Jahre alt und wohnte mit seinen Eltern und seiner jüngeren Schwester in Belfast, der zweitgrößten Stadt Irlands. Eigentlich war er ein ganz normaler Junge, blond, nicht besonders schlank und ziemlich schüchtern, wenn es um Mädchen ging.

Aber mittlerweile war er ein wahrer Experte, was die *Titanic* und alles, was dazugehörte, betraf. Schon immer hatte er alle Berichte und Bücher, die er in die Finger bekommen konnte, über das berühmte Schiff gesammelt. Und seit einigen Monaten verbrachte er mehr Zeit im Internet (besonders auf YouTube, wo es vor Filmen über die *Titanic* nur so wimmelte), als es seinen Eltern lieb war – die Hausaufgaben blieben nämlich allzu oft liegen.

Aber was sollten sie machen?

Noch kam er in der Schule irgendwie mit und zumindest in Geschichte und Technik waren seine Noten hervorragend.

Gab es einen Zusammenhang zwischen seinem Hobby und ihrer fantastischen Geschichte? Hatte er sich das alles nur ausgedacht und Robert und Vicky damit angesteckt? Das erschien allerdings ziemlich unwahrscheinlich, denn die beiden hatten exakt die gleichen Erinnerungen …

„Das ist doch Unfug!", hatte sein Vater geantwortet, als er ihm gegenüber vorsichtig ein paar Andeutungen gemacht hatte. „Im Internet stehen die blödsinnigsten Theorien und man darf nicht alles glauben! Das Wrack da unten ist wirklich die *Titanic* und der Eisberg ist auch längst geschmolzen!"

Als studierter Physiker konnte er gar nicht anders, für ihn zählten nur Fakten und Beweise. Und William war deshalb klar, dass er bei seinem Vater nichts ausrichten konnte, solange er die nicht hatte.

Zu Hause war seine Frau davon oft leicht genervt, wenn er zum Beispiel berechnen wollte, wie viele Sekunden ein Ei kochen musste, damit es wirklich perfekt wurde. Oder wenn er ihr allen Ernstes vorschlug, Mikrowelle und Wäschetrockner abzuschaffen, weil sie zu viel Energie verbrauchten …

Kurz vor ihrem großen Abenteuer hatten William und Robert eine merkwürdige Begegnung, deren Bedeutung sie erst hinterher, als alles längst vorbei war, richtig erkannten.

Es war an einem Samstag, morgens um kurz vor elf, direkt auf der Straße vor dem neuen Einkaufszentrum in Belfast.

Die Leute kauften ein, erzählten sich etwas, hatten ein Handy, ein Eis oder einen Kaffeebecher in der Hand. Niemand achtete groß auf den Verkehr, als plötzlich ein Junge mit einem Fahrrad in eine Straßenbahnschiene geriet, zur Seite fiel und auf der Fahrbahn liegen blieb.

Eine Frau schrie:

„Schaut, der Junge da! Wenn das nur gut geht!"

Und es ging nicht gut, der Wagen hinter ihm konnte nicht mehr rechtzeitig bremsen und überrollte ihn.

„Los, schnell", sagte Robert, „nichts wie hin, vielleicht können wir helfen."

Sie rannten auf die Straße, auf der sich sofort eine Menschenmenge angesammelt hatte. Viele standen herum, der Fahrer des Unglücksautos saß geschockt in seinem Wagen, irgendjemand filmte das Ganze sogar.

„Nun ruf doch mal jemand die Polizei und einen Krankenwagen!", brüllte William in die Menge und auf mehreren Handys wurde hektisch losgetippt.

Der Junge mochte etwa zehn oder elf Jahre alt sein und lag seltsam verdreht auf dem Boden, er weinte leise. Unter seiner Jacke sickerte Blut hervor und William und Robert wussten selbst nicht genau, was sie tun sollten.

Sie kamen sich so hilflos vor ... Was hatte da schon der Erste-Hilfe-Kurs gebracht, den sie vor einiger Zeit in der Schule gemacht hatten?

Gott sei Dank kniete jetzt ein älterer Junge bei dem Verletzten. Er hatte sehr blonde Haare und trug eine silbrige Jacke, die wie Alufolie schimmerte. Auch seine supermoderne, spiegelnde Brille fiel auf.

Egal! Leise und sehr ruhig sprach er mit dem verletzten Kind und versuchte, mit seiner zusammengelegten Jacke das Blut zu stoppen.

Überall war Blut!

So etwas Schlimmes hatten sie noch nie gesehen.

Der Junge mit der silbernen Jacke war zu bewundern, aber richtig helfen konnte auch er nicht.

Drei Minuten später raste ein Rettungswagen heran und zwei Sanitäter sprangen heraus.

Schweigend standen William und Robert am Straßenrand, sie konnten nichts weiter tun. Will machte sich Vorwürfe.

„Komm", sagte Robert, „du hast doch besonders schnell reagiert."

„Na, toll …", murmelte der.

„Doch, Will, glaub mir, oft sind da Minuten, manchmal sogar Sekunden entscheidend."

Was sollte er auch sonst sagen, um seinen Freund etwas aufzumuntern?

Am Nachmittag trafen sich die beiden zu Hause bei Will und waren in Gedanken noch immer bei dem Unfall.

Wie mochte es dem verletzten Jungen wohl gehen? Ob er es geschafft hatte? Am Montag würde

es bestimmt in der Zeitung stehen und dann wüss-
ten sie mehr.

Robert stopfte gedankenverloren einen Keks in
sich rein.

Niemals wären sie auf die Idee gekommen, dass
sie den blonden Jungen mit der auffälligen Kleidung schon bald wiedersehen sollten.

Belfast ist eigentlich eine ziemlich langweilige Stadt – mit einer Ausnahme: Vor über hundert Jahren wurde hier in der Werft Harland & Wolff die *Titanic* gebaut.

Jeder in der Stadt ist stolz darauf, dass sie hier konstruiert wurde, für das Unglück können die Leute aus Belfast ja nichts!

2012 wurde direkt auf ihrem Bauplatz ein riesiges *Titanic*-Museum eröffnet, viele Jahre nach ihrem schrecklichen Ende in der eisigen See. Es ist sechs Stockwerke hoch, außen zackig und metallisch schimmernd und soll auffallen, wie auch die *Titanic* auffiel.

„Wie ein Eisberg", sagten manche Besucher.

„Wie ein Schiffsrumpf", meinten andere.

„Wie eine Mischung aus beidem und einem abgestürzten Ufo", hörte ich einmal einen Mann sagen.

William hatte voriges Jahr alles darangesetzt, dort einen der begehrten Plätze für ein Schulpraktikum zu bekommen, obwohl er ohnehin schon oft im *Titanic*-Museum gewesen war.

Hier konnte er der *Titanic* schließlich so „nah" wie sonst nirgendwo sein! Und es hatte geklappt!! – Vermutlich hatte er das aber auch ein bisschen seinem Vater zu verdanken, der dort als Wissenschaftler arbeitete.

Ziemlich gut konnte er sich noch an jenen Donnerstagnachmittag erinnern, an dem Robert und Vicky spontan vorbeigekommen waren, um ihn zu besuchen.

Das lag vor allem an Vicky ... Sie war ein sehr hübsches Mädchen mit langen, blonden Haaren und unglaublich blauen Augen, gerade vierzehn geworden und in der achten Klasse. Ihr Bruder Robert und sein Freund William gingen in die neunte.

Irgendwie war die halbe Schule in sie verliebt – und William auch.

Leider hatte er es noch nie geschafft, ihr das auch mal zu sagen, schon gar nicht, wenn andere dabei waren.

Manchmal sind Jungen ziemlich feige!

Jetzt aber hatte er die Chance, endlich einmal alleine mit ihr zu sein, denn obwohl die beiden das Museum schon kannten, vergaß der gute Robert meist alles um sich herum, sobald er etwas Technisches sah.

In dieser Hinsicht war er wie ein wandelnder Computer und brütete ständig über irgendwelchen Theorien, wenn er nicht gerade aus seinem Kellerraum kam, der mit Apparaten und Kabeln jeglicher Art vollgestopft war.

Es war schon recht spät, denn auch Robert war erst vor einer knappen Stunde von seiner Praktikumsstelle nach Hause gekommen.

Will blickte auf seine Armbanduhr.

„Wir schließen um 17.00 Uhr, aber ein bisschen Zeit haben wir noch. Lasst uns doch mal schauen, wie der neue Film ist, den sie extra für das Museum gedreht haben. Er ist erst gestern geliefert worden, ich habe ihn auch noch nicht gesehen."

Er schob einen schweren Vorhang ganz in der Nähe des Eingangs zur Seite und sie betraten einen abgedunkelten Raum.

Alle drei ließen sich in die weichen, roten Sessel fallen.

Will gelang es nach einigem Zögern, seinen rechten Arm um Vickys Schultern zu legen. Sie musste es gemerkt haben, tat aber nichts dagegen. Er fühlte sich wie im siebten Himmel!

Der Film erzählte etwas über die *Titanic* und war ziemlich gut gemacht:

Die *Titanic* war ein Passagierdampfer und sollte regelmäßig über den Atlantischen Ozean fahren, nach New York und zurück. Damals konnte man nicht einfach nach Amerika fliegen und buchte auch keine Urlaubs-Kreuzfahrt wie heute; viele Passagiere waren gar keine Millionäre, sondern sehr arme Auswanderer, die in Amerika ein neues Leben beginnen und glücklich werden wollten.

Von 1909 bis 1912 schufteten bis zu dreitausend Arbeiter gleichzeitig daran, das große Schiff zusammenzubauen. Und riesig war es: Fast zweihundertsiebzig Meter lang, achtundzwanzig Meter breit und so hoch wie ein modernes Hochhaus. Damit war es definitiv das größte Schiff der Welt und konnte in den meisten Häfen gar nicht festmachen, weil dort einfach nicht genügend Platz war.

Die Dampfmaschinen leisteten über fünfzigtausend PS; viertausend Personen, Passagiere und Besatzungsmitglieder, konnten bequem mitfahren.

Und so war die *Titanic* wie eine kleine, schwimmende Stadt, mit mehreren Bäckern, Frisören, Ärzten und einem Postdienst an Bord. Und weil sie in sechzehn einzelne Abteilungen aufgeteilt war (die Fachleute sagen „Schotten"), galt sie als fast unsinkbar, denn selbst, wenn mehrere dieser Bereiche voll Wasser liefen, konnte das Schiff immer noch schwimmen.

Zumindest theoretisch!

Keiner von ihnen konnte an diesem Donnerstag ahnen, dass dies der Beginn eines unglaublichen Abenteuers sein sollte und sie schon bald auf der echten *Titanic* stehen würden ...

3 Ein seltsamer Fund

Am darauffolgenden Freitag endete Wills Praktikum. Ob sein Vater, leicht zerstreut wie immer, das überhaupt wusste? Will stiefelte als Erstes zu seinem Büro, um mit ihm zu sprechen, nur – da war er nicht! Und so blieb ihm nichts anderes übrig, als das halbe Museum abzusuchen.

Er fand ihn schließlich in einem großen Raum, der mit rot-weißem Plastikband abgesperrt war.

Daniel, ein netter, älterer Herr, der an der Seite stand und den Aufpasser spielte, nickte freundlich. Schick sah er aus in seiner blauen Uniform!

„Morgen, Dad", sagte Will, nachdem er unter der Absperrung hindurchgetaucht war.

„William O'Brian", antwortete sein Vater, „auch schon da?"

Er grinste.

„Ja, Papa, aber schließlich verdiene ich hier auch kein Geld und bin in den letzten Wochen so viel rumgerannt, dass meine Füße noch wochenlang qualmen werden."

„Da siehst du mal, was dein Vater für sein Geld alles tun muss. Und wir haben noch so viele Baustellen hier ... Manchmal komme ich mir vor wie ein Bühnenbauer im Disneyland und nicht wie jemand, der die Geheimnisse der *Titanic* erforschen will."

„Papa, du weißt, dass ich heute meinen letzten Tag hier habe?"

„Ja, ich hatte es auf dem Schirm. Wo bist du eingeteilt?"

„Ich soll im Keller helfen, wo die ganzen Sachen lagern, die im Moment nicht ausgestellt werden können."

„Da stehen jede Menge Kisten", seufzte sein Vater, „dann flitz mal runter, es ist schon halb zehn! Und vielleicht findest du ja noch einen *Titanic*-Schatz!"

Er grinste erneut.

William lief die große Treppe zum Keller hinunter. Hier unten war er noch nie gewesen.

Heute Morgen waren sie nur zu zweit im Archiv, Will sollte Mr Durclay, einem Mitarbeiter des Museums, helfen. Hilfe konnte der gut gebrauchen, denn die Kisten und Kästen stapelten sich bis zur Decke.

Wie sollten sie da nur Ordnung schaffen?

In den nächsten Stunden konzentrierten sie sich darauf, allen Gegenständen vorsichtig eine Nummer aufzukleben und sie im Computer des Museums zu archivieren: das hieß, jeden Gegenstand zu fotografieren und so genau wie möglich zu beschreiben.

Mr Durclay war ganz in seinem Element und so schnell, dass sein Praktikant kaum mitkam: Will saß nämlich am Laptop und schrieb alles auf, was Mr Durclay ihm diktierte.

Schließlich hielt er eine kleine, ziemlich schmutzige Schachtel in den Händen. Ganz hinten war sie gewesen, in der letzten, staubigen Ecke.

Er stutzte und sagte:

„Was ist denn das? Hier liegt aber auch ein Kleinkram!"

Will blickte ihn gespannt an, die Finger auf der Tastatur, in der Erwartung, dass er jetzt schnell weitertippen sollte.

Mr Durclay kratzte sich stattdessen am Kinn und meinte dann:

„Komm mal rüber, Will, ich weiß nicht, was das ist. Normalerweise lagern wir unsere Museumsgegenstände nicht in solchen Schuhkartons."

Jetzt wurde es interessant.

Vielleicht war das ja der *Titanic*-Schatz, von dem Wills Vater gesprochen hatte? Irgendwie wusste man ja nie so ganz, was die *Titanic* noch für Überraschungen bereithielt!

Der Karton war verblichen, etwas angegammelt und auf der Oberseite mit fremdartigen Zeichen beschriftet. Mr Durclay öffnete ihn, leicht genervt, weil er endlich eine Kaffeepause machen wollte. Was sollte das schon sein?

Er wühlte sich geräuschvoll durch zusammengeknülltes Papier und fand schließlich drei silbrig schimmernde Armbänder. Sie waren mehrere Zentimeter breit, hatten in der Mitte einige bunte Steine und dazwischen kleine Verzierungen.

„Was sind das denn für Armbänder?", fragte Will.

Mr Durclay setzte seine Brille ab, schaute sie sich von allen Seiten an und hielt ein Armband gegen die Neonröhre unter der Decke.

Dann meinte er:

„Keine Ahnung, aber mit Sicherheit stammen die nicht von der *Titanic*. Das ist noch nicht mal echtes Silber, so leicht sind sie. Ich schätze mal: Modeschmuck aus Asien, keine fünf Jahre alt."

„Ehrlich? Wie kommt der denn hier in den Keller?"

Er lachte und antwortete:

„Ach, Will, vielleicht hat ihn ein Arbeiter beim Bau des Museums hier vergessen, ein Geschenk für seine Tochter ... irgend so etwas wird es sein. Fehlt ja nur noch der Amazon-Aufkleber auf dem Karton."

Toller *Titanic*-Schatz!

Gerade wollte er sich hinter den Laptop setzen, da sagte Mr Durclay:

„Ich denke, das archivieren wir erst gar nicht. Das gehört hier nicht hin."

„Und was machen wir damit?"

„Nichts! Ich stelle den Karton vorne an die Tür, wenn du willst, nimm ihn mit und schenk deiner Freundin ein Armband!"

Er grinste, weil sein Gegenüber etwas rot wurde. Gut, dass er nichts von Vicky wusste!

Will sagte lieber nichts mehr. Für eine Weile war die Sache vergessen, und als sie Stunden später endlich fertig waren, klemmte er sich die Schachtel unter den Arm und sie gingen nach oben.

Er nahm die geheimnisvolle Schachtel mit nach Hause, legte sie ins oberste Regal seines Zimmers und war viel zu müde, um sich noch weitere Gedanken darüber zu machen.

Mr Durclay hatte, so viel sei verraten, mit seiner Einschätzung gründlich danebengelegen. „Modeschmuck aus Asien" war das nämlich ganz und gar nicht.

4 Das Geheimnis der silbernen Armbänder

Zwei Tage später, am Sonntag, regnete es ohne Unterlass. Will hatte aber auch deshalb schlechte Laune, weil morgen die Schule wieder anfing. Das war schon eine große Umstellung nach den Wochen im Praktikum!

Und so saß er zusammen mit seinem Freund in seinem Zimmer und starrte seit Stunden auf sein Handy.

Irgendwann zeigte Robert auf den vergammelten Karton im Regal.

„Was hast du denn da?", fragte er.

„Ach", antwortete William, „der ist aus dem Museum. Ich hab dir doch erzählt, dass ich im Keller geholfen habe. Die Schachtel hatte sich irgendwie dahin verirrt."

„Und die durftest du einfach mit nach Hause nehmen? Cool!" Er legte sein Handy aufs Bett und stand auf. „Darf ich mal reinschauen?"

„Klar, das ist aber nur wertloser Modeschmuck, vielleicht kann Vicky ja was damit anfangen. Jedenfalls hat er nichts mit der *Titanic* zu tun."

Er gähnte laut und warf sich mit Schwung auf sein Bett. Es wackelte bedenklich.

Robert nahm den Karton, öffnete ihn, griff in das schmutzige Papier und sah die drei Armbänder. Dann nahm er eines in die Hand.

„Mmh", meinte er, „interessant. Federleicht und – schau mal! – wie biegsam! Plastik ist das nicht, vielleicht doch ein Edelmetall? Dann ist es aber nicht billig. Und die bunten Steine, die in der Mitte eingefasst sind ..." Jetzt nahm er doch glatt seine Zähne zu Hilfe und biss hinein! „Aus Kunststoff sind die nicht und Glas wäre schwerer. Die Muster dazwischen erinnern mich an altägyptische Zeichen, sogenannte Hieroglyphen."

Will verdrehte die Augen. Das spulte sein Computergehirn mal eben so runter! Er selbst hatte sich die Bänder gar nicht so genau angeschaut.

Dann drückte Robert ein paarmal auf die Steine.

Und spätestens da war seine Neugierde richtig geweckt, denn die Steine, jeder in einer anderen Farbe, leuchteten kurz auf und blinkten dann!

„Oha", sagte Will und sprang vom Bett auf, „sind da tatsächlich Lampen und Akkus drin?"

Robert murmelte nur:

„Merkwürdig!"

Doch so oft er auch drückte, jetzt tat sich nichts mehr.

Was nun folgte, kannte Will von seinem Freund nur zu gut: Er fing an, auf seine Unterlippe zu beißen und bekam diesen abwesenden Blick.

„Kann ich die mal mitnehmen?", fragte er. „Ich mache mir mal ein paar Gedanken und melde mich dann, okay?"

Und ohne eine Antwort abzuwarten, war er zur Tür hinaus und hatte alles andere vergessen.

„Toll", seufzte William, „und ich sitze jetzt hier alleine. So ein Vogel! Der passt richtig gut zu meinem Vater, der ist genauso."

Ob alle Wissenschaftler so waren?

Aber böse sein konnte er ihm nicht.

Lange brauchte William wirklich nicht zu warten, noch am selben Abend klingelte sein Handy.

„Hi Will, wegen der Armbänder … ich hab was!"

Robert klang ziemlich aufgeregt.

„Hast du mal auf die Uhr geschaut? Es ist halb zwölf! Aber nun erzähl schon!"

„Also, wie fange ich an? Ich hatte dir ja gesagt, dass die Zeichen zwischen den Steinen wie Hieroglyphen aus dem alten Ägypten aussehen. Das Problem ist: Es gibt Tausende und niemand kennt sie alle. Und die altägyptische Sprache spricht auch keiner mehr."

„Also für mich sehen die wie eine bunte Mischung gemalter Vögel, Figuren und Linien aus. Das könnte meine vierjährige Cousine auch hinkriegen."

„Das kann ja sein, aber es kommt darauf an, wie man die Symbole miteinander verknüpft."

„Und nun?", fragte Will etwas ratlos.

„Um es vorweg zu nehmen: Ich glaube nicht, dass die Armbänder aus Ägypten oder so kommen. Auch das Metall ist mir völlig unbekannt. Es reagiert nicht auf chemische Substanzen, hat unter dem Mikroskop eine seltsame Struktur und lässt sich auch nicht zerstören."

„Du hast doch nicht mit einem Hammer draufgehauen, oder?"

„Ääh, doch, aber nur am Rand und ganz vorsichtig. Man sieht nichts, wie gesagt – unkaputtbar!"

„Und was soll dann die ganze Aufregung?", maulte Will nun doch etwas genervt.

„Ich habe etwas anderes versucht. Wenn du bei Google ‚Übersetzer für Hieroglyphen' eintippst, wird es spannend, denn offenbar gibt es doch ein paar Übereinstimmungen mit den Zeichen der alten Ägypter. Du klickst einfach die passenden Zeichen an, drückst auf ‚übersetzen' und schon erscheint darunter ein Text. Der klingt etwas merkwürdig, ist aber zumindest kein totales Durcheinander."

„Hast du eine Übersetzung?"

Nun wurde auch William neugierig, obwohl es schon so spät war und er längst schlafen sollte.

„Jap, setz dich besser mal hin … Ich lese sie dir vor: ‚Wenn deine Gedanken stark genug sind, überwindest du Raum und Zeit'."

Schweigen.

„Ja", sagte Will leicht ironisch, „schöner Spruch. Sagt nur wenig aus. Wenn ich die Augen zumache und mich ganz doll konzentriere, liege ich auch am Strand in der Karibik oder stehe auf dem Deck der *Titanic*. Das, mein Lieber, nennt man Fantasie."

„Lass uns abwarten, ob nicht mehr dahintersteckt. Ich nehme mir die Dinger morgen wieder vor. Ich habe so ein Kribbeln im Bauch …"

„Na", sagte Will schließlich, „da bin ich ja mal gespannt. Wir sehen uns morgen. Schlaf gut!"

5 Ein verrückter Plan

Am nächsten Tag war aus Robert allerdings nichts rauszukriegen, obwohl Will in der Schule die ganze Zeit neben ihm saß. Er war in Gedanken versunken.

„Ich brauche noch Zeit", murmelte er nur.

Und das war für Will ein Problem, denn Geduld gehörte nicht gerade zu seinen Stärken.

Erst am Ende der Woche, am Freitag mitten in der dritten Stunde, flüsterte er ihm zu:

„Kannst du heute Nachmittag vorbeikommen? Ich will dir zeigen, was ich rausgefunden habe. Vicky ist übrigens auch da."

Er grinste wie ein Honigkuchenpferd, weil er genau wusste, wie sehr sein Freund Vicky mochte.

Um drei Uhr saßen sie in Roberts Zimmer, es regnete schon wieder, wie so oft in Irland.

Vicky wusste auch von den Bändern.

Sie nagte an einem grünen Apfel und sah sogar dabei allerliebst aus.

Und dann legte „Prof. Dr. Robert McClary" los:

„Erst mal sorry, dass ich die letzten Tage nichts gesagt habe. Dafür ist meine Theorie einfach zu kompliziert und ich musste viel im Internet nachlesen. Erinnert ihr euch noch an die Übersetzung der Zeichen? ‚Wenn deine Gedanken stark genug sind, überwindest du Raum und Zeit.' Wenn man das wörtlich nimmt, haben wir, so unglaublich es klingt, schon die Lösung."

Weder Vicky noch Will verstanden so ganz, was er meinte.

Vicky sagte:

„Etwas deutlicher, Herr Doktor, ich bin blond!"

„Also: Schon der berühmte Albert Einstein hat gesagt, dass Raum und Zeit zusammengehören, also eine Einheit bilden. Stellt euch mal vor, die Zeit sei wie ein Fluss, der von der Vergangenheit in die Zukunft fließt. Könnte man eventuell gegen den Strom zurückfahren? Und es kommt noch besser: Könnte man vielleicht auch an jeden beliebigen Ort gelangen, weil Raum und Zeit nach Einstein ja miteinander verbunden sind? Freilich bräuchte man dafür große Mengen an Energie. Aber eine sehr fortgeschrittene Zivilisation hätte bestimmt unglaubliche Möglichkeiten, egal, ob in der Vergangenheit oder der Zukunft – da bin ich mir ziemlich sicher."

William begriff so langsam, was Robert da erklärte.

„Willst du sagen, dass die Armbänder so etwas wie Zeitmaschinen sind?"

„So ist es!"

Vicky hatte sich inzwischen ein Band über den Arm gestreift.

„Also ich kann mir nicht vorstellen, dass dieses Ding eine Zeitmaschine sein soll!"

„Trotzdem, Schwesterchen, solltest du vorsichtig sein – du weißt nicht, was es ist und was passieren kann."

Will sagte:

„Pass auf, gleich bist du in der Eiszeit und stehst neben einem Mammut!"

Er konnte nicht anders, er musste lachen, denn zu abenteuerlich erschien ihm das alles.

Jedenfalls hatte es die Wirkung, dass Vicky ihren Apfel fallen ließ und das Armband ganz schnell wieder beiseitelegte.

Dann meinte er:

„Nehmen wir mal an, da ist echt was dran, was du dir da ausgedacht hast. Wem gehören die Bänder? Was machen sie im *Titanic*-Museum? Ist das ein Zufall, weil ein Museum halt alles Mögliche sammelt?"

„Es kann ein Zufall sein, dass sie dort im Keller lagen, obwohl kein Museum auf der Welt alles sammelt, da muss ich dir widersprechen. Wem sie gehören oder gehört haben, wird uns wohl kein Mensch beantworten können. Im Internet findet man jede Menge über Zeitmaschinen, aber wie immer steht da auch der größte Unsinn."

Da saßen sie nun: Zwei Jungen, von denen der eine klüger war als alle Physiklehrer seiner Schule und

der andere fast jede Schraube der *Titanic* kannte ...
ziemlich unnormal für Fünfzehnjährige, oder?

Die einzig „Normale" in der Runde war Vicky.
Sie war mit ihren Gedanken schon ganz woanders,
nämlich bei der Frage, wie sie ihrem Vater beibrin-
gen sollte, dass sie sich heute noch mit ihrer besten
Freundin treffen wollte und es spät werden konnte.

„Ich bin in meinem Zimmer", sagte sie und verschwand.

Die Jungen aber rätselten weiter.

Der Regen hatte zugenommen und prasselte
gegen die Scheiben, keiner sagte etwas. Robert
hatte eine Dose Erdnüsse vor sich stehen, stopfte
eine Nuss nach der anderen in sich hinein und
starrte Löcher in die Luft. William schaute gedankenverloren aus dem Fenster.

Damit hätte die ganze Geschichte enden können. Aber Robert wäre nicht Robert gewesen,
wenn er nicht eine weitere Idee gehabt hätte.

Plötzlich sprang er auf, ging im Zimmer hin
und her und fing an, laut zu denken:

„*Titanic* ... warum lagen die Bänder im Mu-
seumskeller ... ein Zufall? Könnte es sein ... Robert
McClary, das ist doch Unsinn ..."

„Stopp! Könntest du mich vielleicht teilhaben
lassen an deinen Gedanken?", unterbrach Will ihn
unsanft.

„Oh, entschuldige! Es ist aber nur eine Theorie."

„Leg los!"

„Es könnte doch sein, dass die Armbänder nicht durch Zufall da unten im Keller lagen, sondern wirklich auf der *Titanic* waren und mit den ganzen anderen Sachen aus dem Wrack geholt worden sind! Neben Tellern, Tassen, Halsketten ... verstehst du? Und wenn sie tatsächlich so etwas wie Zeitarmbänder sind, waren sie zwar auf dem Schiff, gehören aber nicht in das Jahr 1912, sondern kamen schon damals aus der Zukunft. Im Moment kann ich das auch nicht genauer erklären, es ist kompliziert."

Will schwirrte der Kopf.

„Wenn es tatsächlich einen Zusammenhang gibt: Können uns die Bänder vielleicht zurückbringen?"

(Das war mehr ein heimlicher Wunsch als etwas, das er sich wirklich vorstellen konnte.)

Aber sein Freund nahm ihn beim Wort:

„So ist es. Ungefährlich ist so was bestimmt nicht, wenn es denn überhaupt funktioniert. Aber wenn doch, haben wir vielleicht die einmalige Chance, zu verhindern, dass die *Titanic* diesen verdammten Eisberg rammt!"

Will war auf einmal hellwach – dieser Gedanke elektrisierte ihn.

Und damit war eigentlich klar, was die beiden Jungen vorhatten.

6 Das Abenteuer beginnt

Robert hatte zwar schon eine Menge verrückter Sachen gemacht (der Knaller war der Versuch gewesen, eine Fliege unsichtbar zu machen, wobei alle Sicherungen im Haus durchgebrannt waren und sie stundenlang keinen Strom gehabt hatten), jetzt aber war er aufgeregter als je zuvor.

Am Samstag darauf wollte er das Experiment wagen und die Armbänder benutzen.

Will kam gegen vier, auch Vicky war dabei, denn
1. war sie manchmal mutiger als die Jungen,
2. viel zu neugierig und
3. brauchte ihr Bruder sie, denn logischerweise war die „Kraft der Gedanken" zu dritt viel stärker als zu zweit! Und vielleicht war es ja auch Schicksal, dass genau drei Armbänder in der Schachtel gewesen waren?!

Roberts Eltern waren nicht zu Hause, deshalb war nicht zu befürchten, dass sie gestört würden.

Heimlich hatte er seinem Vater aber doch einen Brief geschrieben und ihn in seine Schreibtischschublade gelegt.

Darin stand alles, was er bis zu diesem Zeitpunkt wusste und vorhatte, nur für den Fall, dass das Experiment misslingen sollte. Denn entweder würde gleich nichts passieren – oder es würde richtig gefährlich werden. Davon war er überzeugt, behielt es aber lieber für sich.

Sie setzten sich auf den Teppich in Roberts Zimmer; er räusperte sich und meinte:

„Nun denn, schauen wir mal, ob es funktioniert! Wir werden gleich versuchen, auf die *Titanic* zu kommen. Jeder nimmt sich jetzt ein Armband und befestigt es sorgfältig an seinem Handgelenk! Dann sollten wir einen Kreis bilden und uns an den Händen fassen."

Will fand das nun doch etwas sehr seltsam, ließ seinen Freund aber gewähren.

Dieser schaute auf seine Uhr:

„Es ist jetzt 16.15 Uhr. Schließt die Augen und konzentriert euch! Denkt nur daran, dass ihr auf die *Titanic* wollt! Mit aller Kraft, die ihr habt!"

Vicky fiel ein, dass sie ihr Handy auf dem Bett vergessen hatte, aber es schien sowieso nichts zu passieren.

Doch auf einmal hatte sie das Gefühl, in ein Loch zu fallen und durch einen Tunnel zu rutschen, ähnlich wie auf einer Wasserrutsche im Spaßbad. Gegenstände aller Art sausten an ihr vorbei, sogar Menschen meinte sie zu sehen!

Plötzlich war es vorbei und sie machte die Augen auf. Sie saßen immer noch im Kreis auf dem Boden und hielten sich an den Händen. Vicky

wollte schon aufstehen und in ihr Zimmer zurück-
gehen – aber was war das?

Das war nicht Roberts Zimmer, sondern eine
enge Kammer mit weiß gestrichenen Wänden und
einer dicken Tür. Über ihr flackerte eine altertümliche Lampe.

Was war passiert?

Wo um Himmels willen waren sie?

Instinktiv klammerte sie sich an William, der
auch noch etwas benommen war und seinen Kopf
mit den Armen abstützte.

Robert stand schließlich auf, schaute sich
gründlich um und öffnete einen Wandschrank, in
dem sich eine Menge Werkzeug befand.

Auf jedem größeren Teil stand die Nummer
401.

Will schaute auf, der Atem stockte ihm.

„Unglaublich", stieß er hervor, „schaut mal genau hin! 401! Vielleicht sind wir tatsächlich auf der
Titanic!"

Vicky fragte:

„Woher weißt du das? Wegen der Zahlen?"

„Genau! Die 401 war die Baunummer der *Titanic*!"

„Dann stimmt es also", sagte Robert, „die Armbänder sind Zeitmaschinen und wir dürften eben
die Reise durch ein sogenanntes Wurmloch erlebt
haben. Krass! Dass so etwas möglich ist! Schaut,
die Bänder blinken jetzt!"

Er konnte es kaum fassen, hatte er doch bis vor wenigen Minuten nichts als eine ziemlich abenteuerliche Theorie gehabt.

William ging zur Tür und öffnete sie vorsichtig. Offenbar waren sie in einer Abstellkammer gelandet, auf dem Flur war weit und breit niemand zu sehen.

„Die *Titanic* ist so riesig, wir müssen erst mal schauen, wo wir überhaupt sind", sagte er leise. „Und wir brauchen andere Kleidung! So fallen wir sofort auf."

Der lange Flur war mit rotem Teppich ausgelegt, die Wände waren aus Holz, cremeweiß und mit Schnitzereien verziert. Das gedämpfte Licht trug noch dazu bei, dass man eher das Gefühl hatte, in einem Hotel zu sein als auf einem Schiff.

„Mmh", meinte William, „erste, zweite und dritte Klasse waren damals streng getrennt, aber die dritte ist das bestimmt nicht, dafür ist es viel zu vornehm. Ich schätze: Zweite Klasse und dann dürften wir im hinteren Bereich des Schiffes gelandet sein."

Wie gut, dass sie Will als *Titanic*-Experten dabeihatten!

Vicky meinte:

„Wenn uns jetzt jemand begegnet … was sollen wir dann bloß machen? Hey, und ich habe auch noch mein pinkfarbenes T-Shirt an!"

Und da hatte sie wirklich recht. Sie mussten eine offene Kabine suchen, in der Hoffnung, dort passende Kleidung zu finden und sich diese – sagen wir mal – vorübergehend auszuleihen.

Robert hatte ganz andere Sorgen: War die Nummer 401 Beweis genug, dass sie auf der *Titanic* waren?

Und welcher Tag war heute? Da die *Titanic* auf ihrer ersten Fahrt untergegangen war, blieben vier, maximal fünf Tage als Möglichkeit. Er rechnete.

Die wichtigste Frage aber war: Wie sollten sie eigentlich zurückkommen?

Er bekam leichte Kopfschmerzen, wenn er daran dachte – in dieser Hinsicht hätte er vorsichtiger sein müssen.

William ging voran und horchte an einer Kabine – nichts zu hören. Vorsichtig drehte er am Türgriff. Abgeschlossen!

„Das war Kabine Nummer 12", murmelte er.

Kabine 13, 14, 15 … genau das Gleiche!

Einmal hörten sie Schritte und Stimmen und drückten sich schnell in eine Nische, aber sie entfernten sich wieder. Glück gehabt!

Kabine 16 – alles still und offen!

Sie traten ein und Will schloss die Tür. Sie waren in einer typischen Kabine der 2. Klasse. An den Seiten standen jeweils die Betten, in der Mitte ein Tisch und zwei bequeme Sessel.

Am wichtigsten waren jetzt aber die beiden Kleiderschränke.

„Manchmal waren Familien mit Kindern in solchen Kabinen untergebracht. Vielleicht finden wir ja was halbwegs Passendes zum Anziehen."

Vicky machte erst etwas zaghaft, dann aber recht energisch die Schranktüren auf und fing an, die Schränke durchzusehen.

„Sorry, liebe Besitzer, ist ja nur ausgeliehen!", sagte sie.

William schaute sie von der Seite aus an, so lange, dass es schon nicht mehr normal war.

Er bewunderte ihren Mut und ihr energisches Anpacken. So war kein anderes Mädchen, das er kannte. Gut, dass sie so beschäftigt war, sie merkte es nicht.

Dann sagte sie zu Robert:

„Hier, Brüderchen, probier mal …"

Und was drückte sie ihm in die Hand? Eine lange, schwarze Hose, ein helles Hemd und eine Jacke aus schwarzem Samt!

„Muss das sein?", meinte er. „Das ist ja total altmodisch."

„Hallooo", antwortete Vicky, „wir sind im Jahr 1912. Schon vergessen? In dieser Zeit ist das bestimmt sehr angesagt, schau mal, die Sachen sehen funkelnagelneu aus."

Für Will hatte sie etwas Ähnliches, allerdings in Blau.

„Dann zieht euch mal um! Dazu gehören wohl diese Schleifen anstatt einer Krawatte, sie lagen neben den Hemden."

Die beiden Jungen schauten sich etwas ratlos an, wussten aber, dass sie sich beeilen mussten. Jederzeit konnte die Tür aufgehen. Und dann wäre alles aus gewesen.

Vicky selbst kannte ihre Größe und war sich bei der Auswahl ihrer „Tarnkleidung" ziemlich sicher. Sie griff nach einem weißen Kleid mit Spitzen und hübschen Stickereien.

Sie stellte sich hinter eine geöffnete Schranktür und hatte das gute Stück schnell übergestreift. Dazu einen wahrhaft riesigen Hut mit einer großen Stoffschleife. Der war unpraktisch, aber sie konnte ihn bei Bedarf ja einfach abnehmen.

Als sie hinter der Schranktür hervorkam, mussten alle drei lachen. Da stand eine junge, sehr vornehm gekleidete Dame und ihr gegenüber erblickte man zwei Herren in ziemlich unbequemen Anzügen.

Will sagte:

„Erst dieser enge Kragen und dann noch diese Schleife! Das schnürt einem ja die Luft ab!"

„Wer schön sein will, muss leiden", antwortete Vicky nur.

Robert trug sonst nur T-Shirts, Pullover und Jeans, ihm waren Klamotten ziemlich egal. Und jetzt das! Seine Hose war ein bisschen zu lang, die Ärmel der Jacke dagegen waren zu kurz.

„Jetzt stellt euch nicht so an", meinte Vicky noch, „seid froh, dass wir überhaupt etwas gefunden haben. Im Übrigen – schaut mal nach unten! Unsere Schuhe! Andere Schuhe habe ich hier nirgendwo gesehen, da können wir nur hoffen, dass niemand so genau drauf achtet."

Robert war aufgeregt:

„Schnell jetzt, wir müssen hier raus! Der große Test kommt sowieso erst, wenn wir auf andere Leute treffen. Und achtet auf eure Armbänder, die darf man nicht sehen. Sie blinken in allen Farben! Und verliert sie bloß nicht!"

Er holte tief Luft und machte vorsichtig die Tür auf.

7 1912 … wir sind zurück!

Sie liefen über den Gang, immer weiter …
und standen plötzlich draußen.

Will kriegte den Mund nicht mehr zu und
sagte dann:

„Leute, das ist die *Titanic*! Wir sind auf dem
Außendeck der 2. Klasse, dem sogenannten Bootsdeck. Da bin ich mir ganz sicher."

Sie waren am Heck angelangt, dem hinteren
Teil des Schiffes. Hoch oben segelten einige Mö-
wen durch die Luft, ganz hinten wehte eine große
Flagge am Mast und das endlose Meer glitzerte.

Das sah sehr schön aus.

Blickte man nach vorne, fielen sofort die riesigen,
gelb-schwarzen Schornsteine auf. Sie ragten in die
Höhe wie mächtige Säulen, die niemand zu Fall
bringen konnte. Der Wind war recht stark und die
Wellen mehrere Meter hoch. Und obwohl das
Schiff sehr schnell fuhr, schaukelte es hier oben
kaum – so groß war die *Titanic*!

Die Sonne schien, aber es war ziemlich kalt.
Deshalb waren wohl auch nur wenige Menschen
hier draußen, die auf das Meer schauten oder ein
bisschen spazieren gingen. Keiner achtete auf sie.

„Da", flüsterte Vicky, „die Jacken aus Samt, die
großen Hüte der Damen! Unsere Kleidung passt!"

Leider hatten sie keine Mäntel dabei und Vicky fror jetzt schon.

Auf einmal sprach sie ein kleines Mädchen in einem niedlichen Kleidchen an:

„Guten Tag, ich bin Emily. Wie heißt du?"

„Ich bin Vi…" – den Rest ihres Namens verschluckte sie, er erschien ihr einfach viel zu modern – „ich bin Viktoria. Wie alt bist du denn?"

„Ich werde bald sechs!"

Und wie alle kleinen Kinder auf der Welt streckte sie sechs Finger in die Luft. Das war gar nicht so einfach, denn gleichzeitig hielt sie einen kleinen, braunen Hund an einer Leine.

„Ist das dein Hund?"

„Ja, den hat mir meine Mama für die Fahrt nach Amerika geschenkt!"

Sie strahlte über das ganze Gesicht.

Aus einiger Entfernung rief eine Frau:

„Emily, kommst du endlich?"

Die Kleine sagte nichts mehr und rannte davon.

Robert meinte:

„Gut gemacht, Vicky, das war unser erster Kontakt. Kinder merken irgendwie sofort, wenn etwas nicht stimmt, aber offenbar fallen wir nicht weiter auf."

Auch er hatte Mühe, nicht alles für ein Märchen zu halten, aber sein scharfer Verstand half ihm.

Und so folgerte er nun:

„Wir haben die Zeitreise um 16.15 Uhr begonnen und auf meiner Uhr ist es jetzt nur ein paar Minuten später. Die Tageszeit scheint sich also nicht geändert zu haben. Außerdem: Schaut mal auf die Sonne! Die ist schon ziemlich weit gewandert, es ist später Nachmittag."

Vicky ergänzte:

„Außerdem hat die Kleine ja eben auch nicht ‚guten Morgen' gesagt!"

„Stimmt", meinte Robert, „ich muss aber unbedingt wissen, welchen Tag wir heute haben. Das könnte entscheidend sein, denn vergesst nicht: Dieses Schiff wird am fünften Tag der Reise einen Eisberg rammen! Sind wir also noch in der Nähe der Küste oder schon auf hoher See?"

„Na ja, Land sieht man nicht mehr", entgegnete Vicky und kniff die Augen zusammen.

Sie war blass geworden bei dem Gedanken an das Unglück.

„Du Dussel", antwortete ihr Bruder, „das Land sieht man oft schon nach ein paar hundert Metern nicht mehr. Hilft nicht! Lasst uns logisch vorgehen. Will, da kennst du dich viel besser aus als ich: Wie war die Abfahrt genau? Vielleicht hilft uns das!"

„Also … die *Titanic* legte am 10. April gegen Mittag im englischen Southampton ab und fuhr dann über den Kanal nach Cherbourg in Frankreich. Dort kamen weitere Passagiere an Bord. Am nächsten Tag dampfte sie nach Queenstown, was bekanntlich in Irland liegt."

Robert überlegte angestrengt:

„Da wir überhaupt keine Küstenlinien sehen und auch keine anderen Schiffe, vermute ich, dass die ersten beiden Tage der Reise schon vorbei sind. Außerdem wäre es auf dem Schiff dann deutlich unruhiger, wenn neue Passagiere an Bord gekommen wären."

Sie waren einen Schritt weiter, aber welcher Tag war denn nun genau? Der dritte, vierte oder sogar fünfte?

Und Robert hatte erneut eine Idee:

„Zeitungen! Lasst uns herumgehen und schauen, ob jemand eine Zeitung liest und wir das Datum darauf entdecken können. Direkt jemanden nach dem Datum zu fragen, könnte komisch wirken."

Diesmal machte allerdings er einen Fehler, den sein Freund sofort erkannte.

Will sagte aber nichts.

Robert ging los, Vicky hinter ihm her. William hielt sich zurück, er wusste ja, dass das so nichts werden konnte.

Sie schlenderten scheinbar ziellos auf dem Promenadendeck herum und grüßten freundlich zurück, als eine ältere Frau ihnen zunickte (die konnte sie doch gar nicht kennen?).

Tatsächlich saß in einer windgeschützten, überdachten Ecke ein vornehm gekleideter Mann, der eine Zeitung las.

Aber so sehr sie auch die Augen verdrehten, ein Datum war nicht zu erkennen. Das lag auch an der altertümlichen Schrift, die kaum zu entziffern war ... aus zwei Metern Entfernung schon gar nicht.

Robert übertrieb es in seinem Eifer und kam dem Mann etwas zu nahe.

„Kann ich helfen, junger Mann? Wenn ich durch bin, überlasse ich Ihnen die Zeitung gerne, auch, wenn sie schon fünf Tage alt ist."

Er lächelte.

„Nein, Entschuldigung", murmelte Robert und machte, dass er davonkam.

Er war so irritiert, dass er überhaupt nicht begriff, was da eben passiert war. Volltreffer!

Will hatte den letzten Satz gehört, sein Gehirn arbeitete auf Hochtouren.

„Kommt", sagte er nur.

Die drei stellten sich hinter eine Scheibe, weil auch den Jungen mittlerweile ziemlich kalt war.

„Denkt mal nach", meinte er, „eigentlich konnte das ja gar nicht klappen. Wir sind mitten auf dem Meer, theoretisch konnte seine Zeitung viele Wochen alt sein. Aber Glück braucht der Mensch! Die letzten Zeitungen können nur am Tag der Abfahrt an Bord gekommen sein, am 10. April also. Und er hat uns eben fast nebenbei die entscheidende Information gegeben."

Jetzt merkte Robert es auch.

Er sagte:

„Ach ja, stimmt! Mann, es liegt wohl an dieser Zeitreise! Eben noch im Jahr 2018, jetzt 1912 … ich bekomme davon fast Migräne!"

Sie mussten lachen.

„Alles gut", antwortete Will, „du hast es doch rausgekriegt, wenn auch durch bloßen Zufall!"

„Jaaa", fiel nun auch bei Vicky der Groschen, „wenn die Zeitung fünf Tage alt ist und wahrscheinlich kurz vor dem Ablegen auf das Schiff gebracht wurde, dürfte heute der 14. April 1912 sein!"

Will blieb das Lachen plötzlich im Hals stecken, er wurde leichenblass.

Kein Wunder: Jedem *Titanic*-Experten war dieses Datum ins Gedächtnis eingebrannt!

„Leute, ist euch eigentlich klar, was das bedeutet? 14. April, das ist der letzte Tag der *Titanic*! Heute Nacht wird sie sinken! Morgen um diese Zeit wird es das alles hier nicht mehr geben."

Keiner sagte etwas.

Diese Erkenntnis mussten sie erst einmal verarbeiten, die Armbänder hatten sie also zurück an den Tag der Katastrophe katapultiert. Das löste bei allen dreien ein ziemlich mulmiges Gefühl aus.

Ist ja auch verständlich!

Natürlich waren die Jungen gespannt, die echte *Titanic* kennenzulernen, das war doch besser als jedes Museum! Und wahrscheinlich würden sie nie wieder diese Gelegenheit bekommen. Nur – der entscheidende Faktor war die Zeit. Zeit war jetzt knapp und deshalb kostbar.

Und dann noch die Idee, die *Titanic* zu retten.

Wie sollten sie das bloß anstellen?

Hier draußen war es einfach zu kalt, man sah sogar den eigenen Atem. Robert deutete deshalb auf eine Tür und sie gingen ins Innere.

Dieses großartige Schiff sollte schon bald in den eisigen Fluten des Atlantiks versinken? Das konnte man sich gar nicht vorstellen, die *Titanic* schien unbesiegbar.

Will brummte:

„Ich habe Hunger! Vielleicht können wir uns in einen Speiseraum mogeln und dort etwas essen."

„Dass du jetzt an Essen denken kannst!", antwortete Vicky entrüstet.

„Na, das hilft der *Titanic* ja auch nicht, wenn jetzt mein Magen knurrt. Und vielleicht fällt uns ja beim Essen etwas ein, was wir tun können. Übrigens könnt ihr den Speisesaal der 2. Klasse vergessen, da sind die Plätze mit Namensschildern versehen. Außerdem ist er um diese Zeit bestimmt nicht geöffnet. Wir müssen versuchen, in die 3. Klasse zu kommen."

Und das war gar nicht so einfach, denn

1. lagen die Räume der 3. Klasse mehrere Decks tiefer (an Land würde man „Etagen" sagen) und

2. waren die Türen zur 3. Klasse alle verschlossen.

Sie liefen durch Gänge, die irgendwie alle gleich aussahen, dann einige Treppen hinunter und standen plötzlich im „Smoke Room" der 2. Klasse.

Hier saßen Herren, die so ähnlich angezogen waren wie Will und Robert und Schach oder Karten spielten.

Ganz hinten standen mehrere Frauen zusammen und unterhielten sich leise.

Das war jetzt der zweite Test, ob ihre Verkleidung funktionierte!

Die Angst, entdeckt zu werden, blieb – und wenn es nur durch die Schuhe war, die gewiss nicht ins Jahr 1912 gehörten.

Aber niemand nahm Notiz von ihnen.

Trotzdem schlichen sie so unauffällig wie möglich aus dem Saal.

Kurz darauf kamen sie am „Dining Room" der 2. Klasse vorbei, wie mit goldenen Buchstaben über der Tür stand. Wie vermutet, waren die Türen aber verschlossen, erst zum Abendessen wurden sie wohl geöffnet.

Will fluchte leise, als er schließlich vor einer Treppe stand, über der „Third Class" stand, denn dummerweise war sie mit einem massiven Gitter verriegelt.

Er sagte:

„Wir müssen noch weiter nach unten! Leider sind die drei Klassen wie ‚Schiffe im Schiff' und streng voneinander getrennt. Man will nicht, dass die Millionäre den bettelarmen Auswanderern begegnen. Und außerdem soll so die Ausbreitung von Krankheiten verhindert werden. Ich fürchte, wir werden so schnell keinen offenen Durchgang in die 3. Klasse finden."

Vicky taten schon die Füße weh.

„Nun macht doch irgendwas!", sagte sie leicht gereizt.

Gesagt, getan! Robert zog sein Taschenmesser aus der Hosentasche und prüfte das Schloss des Gitters mit einem kritischen Blick. Dann fing er an, mit dem kleinen Schraubenzieher, der an diesem Messer war, darin zu stochern.

Natürlich war das verboten, aber was blieb ihnen anderes übrig? Die anderen beiden schauten sich verstohlen um ... kein Mensch war zu sehen.

Und tatsächlich, es funktionierte!

Vorsichtig drehte er den Schraubenzieher, es machte „knack!" und der Durchgang war offen.

„Ein Zylinderschloss aus unserer Zeit hätte ich so niemals aufgekriegt", meinte er, „aber dieses war kein großes Hindernis. Meine Güte, wenn das mein Vater wüsste! Er hat mir das Messer zum letzten Geburtstag geschenkt, aber bestimmt nicht, um damit die Schlösser auf der *Titanic* zu knacken."

Nun waren sie in der 3. Klasse. Man merkte sofort, dass hier keine Millionäre untergebracht waren, die aus Langeweile eine Vergnügungsfahrt machten. Alles sah einfacher und zweckmäßiger aus, je tiefer sie kamen.

„Wenn ich die Baupläne richtig in Erinnerung habe", sagte Will, „sind wir ziemlich weit unten, nämlich auf dem F-Deck ... Da ist der Speisesaal der 3. Klasse und wir finden hoffentlich was zu essen!"

Er wusste natürlich, dass die Decks der *Titanic* alle mit Buchstaben versehen waren. Unter dem Bootsdeck ganz oben (das seinen Namen daher hatte, weil dort die wenigen Rettungsboote befestigt waren) war das A-Deck, dann folgten B, C, D,

E ... eigentlich ganz einfach – wenn das Schiff nur nicht so riesig gewesen wäre!

Und die Zeit lief und lief ...

Auf einmal kamen ihnen etliche Reisende entgegen, die nicht so fürchterlich streng und vornehm gekleidet waren: Viele Männer trugen weiße Hemden und Hosen, die Frauen weit geschnittene Blusen ohne Ärmel und schwarze Hosen mit Bundfalten.

Die meisten grüßten freundlich und lächelten.

Vicky fand die Garderobe, wie sie sagte, altmodisch und irgendwie lustig.

Altmodisch? Sie vergaß wohl gerade, dass sie etliche Jahrzehnte in der Vergangenheit waren!

„Was ist auf diesem Deck, Will?", fragte Robert seinen Freund.

Aber bevor dieser antworten konnte, wurden sie von einem jungen Steward angesprochen, der kaum älter als sie selbst sein konnte:

„Hallo, endlich mal junge Leute im Sportbereich! Da freue ich mich aber!"

Vicky reagierte schnell:

„Sehr freundlich, aber eigentlich wollten wir gerade gehen ..."

„Ach, Unsinn", war die Antwort, „die Reise dauert noch ein paar Tage, da kann ich euch auch zeigen, was hier so los ist. Eigentlich dürfen hier nur die Passagiere der 1. Klasse rein, aber ich bin ja dabei. Ihr werdet staunen!"

Was sollten sie da noch sagen?

Sie schafften es einfach nicht, eine so nette Einladung abzuschlagen.

9 Das schwimmende Märchenschloss

Es war schon verlockend, sich all das anzusehen, was zur Zeit der *Titanic* als echtes Wunderwerk galt. Leicht überrumpelt folgten sie dem Jungen, der sie in eine hell beleuchtete Halle führte.

Leise, um die Gäste nicht zu stören, sagte er:

„Dies ist unser Schwimmbad. Das Becken ist mit Meerwasser gefüllt und achtundzwanzig Grad warm. Die *Titanic* ist neben der *Olympic* das einzige Schiff der Welt, auf dem es ein Schwimmbad gibt!"

Nun sah man doch, dass sie auf einem Schiff waren: Kleine Wellen bewegten sich bläulich schimmernd von der einen Seite zur anderen.

Das sah schön aus.

Und achtundzwanzig Grad? Vicky wäre gern reingesprungen, so eisig, wie es draußen war.

Der Steward war so stolz, als wäre es sein eigenes.

„Habt ihr so etwas schon mal gesehen?"

Fast hätte Robert „ja" gesagt (er tat so, als habe er sich verschluckt und hustete) und ein „Wunder" war es für ihn auch nicht.

Wenn man aber bedenkt, dass die meisten Menschen vor hundert Jahren gar nicht schwimmen konnten und ein Schiff meist nur als Transportmittel angesehen wurde, konnte man die leuchtenden Augen schon verstehen.

Anschließend zeigte er ihnen die Squashanlage, etwas typisch Englisches.

Weißt du, was Squash ist? Man kann es vielleicht mit Tennis vergleichen, allerdings stehen beide Spieler nebeneinander und schlagen den Ball abwechselnd gegen eine Wand.

Die Höhe der Halle war schon beachtlich, sie erstreckte sich nämlich über zwei „Etagen", das F- und das G-Deck.

Sie standen hinter einer Scheibe in einem Zuschauerraum; einer der Spieler, in weißem Shirt und mit glatt gegelten Haaren, kam Will irgendwie bekannt vor. Den hatte er doch schon auf einem alten Foto in einem *Titanic*-Buch gesehen!

Er fragte den Steward:

„Wer ist das da unten?"

„Oh", antwortete dieser, „das ist Karl Behr, einer der besten Tennisspieler der Welt. Aber beim Squash ist er auch verdammt gut. Wenn ihr ein Autogramm von ihm wollt … ich frage ihn nachher mal, er ist sehr freundlich."

Roberts Computergehirn sprang an: Karl Howell Behr, 1907 die Nummer drei in der amerikanischen Top Ten-Liste, im Finale des Davis Cups, wurde später Bankmanager, überlebte den Untergang.

Und sofort war dieser furchtbare Gedanke an die drohende Katastrophe wieder da, der Zeitdruck, den hier niemand anderes hatte.

In Gedanken schmiedete Robert schon längst einen Rettungsplan für die *Titanic*, den er Will und Vicky gleich präsentieren wollte. Er blickte auf die Uhr, die im Zuschauerraum hing: 18.10 Uhr! Seine eigene Uhr zeigte das Gleiche. Noch fünf Stunden und dreißig Minuten bis zum Zusammenstoß mit dem Eisberg.

Er wurde unruhig.

Konnte er, Robert McClary, tatsächlich das berühmteste Schiff der Welt vor dem Untergang retten?

Als er sich umsah, waren die anderen schon längst weitergegangen und er beeilte sich, sie einzuholen. Er fand sie im Eingangsbereich des türkischen Bades. Und das war wirklich atemberaubend!

Der Steward sagte:

„Es gibt warme und heiße Dampfbäder, Wasch- und Abkühlräume. Da können wir gar nicht überall rein, aber ich möchte euch mal den schönsten Raum zeigen, in dem man sich wunderbar ausruhen kann. Er war vorige Woche in allen Zeitungen zu sehen."

Und so prächtig war er dann auch: an den Wänden über und über mit blauen und grünen Mosaiken verziert, mit farbigen, orientalisch wirkenden Vorhängen, arabischen Lampen und einer vergoldeten Decke. In der Mitte stand ein Brunnen aus Marmor, aus dem es beruhigend plätscherte. Kreisförmig darum waren bequeme Liegen aufgestellt.

„Uui", entfuhr es Vicky, „das ist aber cool."

Oh nein, dachte Robert, *dieses Wort hat man vor hundert Jahren bestimmt nicht benutzt!*

Der Steward hob fragend die Augenbrauen, sagte aber nichts.

Vicky war in ihrem Element:

„Was muss das gekostet haben! Und eine Decke aus Gold habe ich auch noch nie gesehen! Ist das echtes Gold?"

„Ja, natürlich", kam prompt die Antwort, „aber man darf nicht vergessen, dass die Passagiere, die hier reindürfen, schon für die Überfahrt ein kleines Vermögen gezahlt haben und viele berühmte Persönlichkeiten an Bord sind. Ich darf aber keine Namen nennen."

Leider war gerade keiner dieser berühmten Gäste da, das hätte Vicky schon interessiert.

Williams Magen knurrte deutlich hörbar. Wenn er richtig Hunger hatte, sprach man ihn besser nicht an. Und sie waren nun schon seit Stunden auf den Beinen und brauchten Kraft für die große Aufgabe, die ihnen noch bevorstand.

Will drängte, sie mussten weiter!

Er nickte Robert unmerklich zu und sein Freund signalisierte ihm mit einem Wimpernschlag, dass er das Gleiche dachte. Meistens verstanden sie sich fast wortlos.

Gemeint war: Los, Beeilung, wir müssen das Schiff retten! Heute ist Sonntag, der 14. April 1912!

Nur überstieg das eben alle Vorstellungskraft: Dies alles hier, das so viel Geborgenheit und Eleganz ausstrahlte, sollte in ein paar Stunden dreitausendachthundert Meter tief auf den Meeresgrund sinken?

Sie bedankten sich, der Steward verabschiedete sich sehr höflich und sie standen wieder auf dem Flur.

„Kommt", sagte Robert, „mit etwas Glück bekommen wir hier unten im Speisesaal etwas zu essen und ich erzähle euch, was ich vorhabe!"

10 Will wird eifersüchtig

Der Speisesaal war schnell gefunden, sie mussten nur dem Lärm folgen. Lautes Gelächter und Wortfetzen in den verschiedensten Sprachen wiesen ihnen den Weg.

Beim Eintreten waren die drei überrascht: so viele junge Leute! Sie saßen an langen Tischreihen, die Wände waren aus Eisen, aber weiß gestrichen, runde Bullaugen erlaubten einen Blick auf das Meer ... Hier fühlte man sich schon eher auf einem Schiff. Trotzdem blieb die *Titanic* auch hier unten ihrem Ruf treu. Vicky sah überall schneeweiße Tischtücher, echtes Porzellangeschirr und funkelnde Gläser. Auch hier servierten Kellner in schwarz-weißen Anzügen das Essen, aber die Plätze waren zum Glück nicht mit Namensschildern versehen. Kontrollen gab es, soweit Will das auf die Schnelle überblicken konnte, keine.

„Buona sera!", rief ihnen ein junger Mann zu und winkte. „Kommt rein und setzt euch!"

Eine wirklich spontane Begrüßung!

Er trug ein helles Sakko, eine braune Stoffhose und einfache Schnürschuhe. Und kam unübersehbar aus Italien: braungebrannt, sehr dunkle Augen und lustig abstehende Locken.

„Ich bin Luigi aus bella Italia. Eure Eltern sind aber keine Auswanderer wie die meisten hier?"

Er kniff ein Auge zu und grinste Vicky dabei an.

„Na, ist ja auch egal. Habt ihr Hunger? Gleich wird hier serviert. Es ist bestimmt reichlich da, schaut mal auf die Speisekarte!"

Und die sah original so aus:

WHITE STAR LINE.

R.M.S. "TITANIC."   *April 14, 1912.*

THIRD CLASS.
DINNER.
Rice Soup
Fresh Bread, Cabin Biscuits
Roast Beef, Brown Gravy
Sweet Corn, Boiled Potatoes
Plum Pudding, Sweet Sauce
Fruit

Lecker, oder?

Ein richtiges Drei-Gänge-Menü! Als Vorspeise gab es also Suppe mit Reis, dazu frisches Brot und Zwieback; als Hauptgericht Rinderbraten mit brauner Soße, Maisgemüse und gekochten Kartoffeln; als Nachspeise Kuchen mit einer süßen Sauce, dann noch verschiedenes Obst.

Will lief das Wasser im Mund zusammen … Das klang ja gut! Himmel, konnte das an der Zeitreise liegen? Er hatte das Gefühl, als habe er seit Tagen nichts mehr gegessen.

Auch Vicky merkte jetzt, wie hungrig sie war, hatte aber immer noch Angst, jemand würde ihre pinkfarbenen Turnschuhe bemerken und sie zum Kapitän bringen.

Schließlich waren sie nichts anderes als blinde Passagiere ... Wurden die 1912 eigentlich noch über Bord geworfen wie in „Fluch der Karibik"?

Und dann dieses verrückte Armband, das dauernd blinkte! Als sie ihren rechten Arm ausstreckte, rutschte es unter ihrem Ärmel hervor. Sie schob es schnell wieder zurück. Gott sei Dank hatte es niemand gesehen, obwohl Luigi sie ständig anschaute.

Natürlich hatte auch er längst bemerkt, wie hübsch sie war.

Die Kellner kamen mit dampfender Suppe herein. Als alle einen Teller vor sich stehen hatten, wurde es endlich etwas ruhiger und sie aßen.

Das frische Brot war noch warm und duftete, die Suppe war heiß und enthielt viele Fleischstückchen.

Robert nahm sich gerade noch ein Stück Brot, als es am Ende des Tisches zu einer lauten Diskussion kam. Was war da los?

Mehrere Leute waren aufgestanden und wollten gehen, weil sie die Speisekarte nicht lesen konnten und dachten, das sei schon das komplette Essen gewesen. Drei Ober bemühten sich gleichzeitig, ihnen klarzumachen, dass das nur die Vorspeise gewesen sei und das Hauptgericht noch komme.

Sie setzten sich wieder.

Robert legte sein Brot auf den Tisch. Waren die Menschen hier unten wirklich so arm, dass sie sich ansonsten gar kein richtiges Essen leisten konnten?

Auch Will hatte es gemerkt – das waren nämlich genau die kleinen Dinge, die in keinem Buch über die *Titanic* standen!

Schon folgte das Hauptgericht und die Jungen kauten mit vollen Backen.

Die Stewards waren sehr freundlich und alle konnten sich so viel nehmen, wie sie wollten. Spätestens beim Plum Pudding wurden aber auch sie langsamer, der Kuchen war mächtig und machte richtig satt.

Mit Wasser und Tee spülten sie alles hinunter.

Vicky saß neben Luigi. William konnte nicht verstehen, was er sagte, aber offenbar überhäufte er sie gerade mit Komplimenten und lustigen Geschichten.

Vicky kicherte und wurde mehrere Male knallrot.

Was bildet sich dieser Typ ein?, dachte Will und merkte, wie seine Halsschlagader klopfte. *Der kann doch ein fremdes Mädchen hier nicht so dreist anbaggern!*

Robert kannte seinen Freund nur zu gut, blickte ihn, noch immer kauend, an und schüttelte fast unmerklich den Kopf.

Nein, sag nichts! Rühr dich bitte nicht vom Fleck!, sollte das warnend heißen.

Und es war ja so: Das Letzte, was sie jetzt gebrauchen konnten, war ein Streit oder gar eine Prügelei.

Will schaffte es mit Mühe, sich zu beruhigen.

Er dachte: *Wenn du wüsstest, dass du ihr Urgroßvater sein könntest! Gleichzeitig ist sie viel zu alt für dich, mehr als einhundert Jahre!* Diese Erkenntnis half ihm aber nur wenig. *Ich muss Vicky besser beschützen*, überlegte er, *egal, wo wir sind!*

So sehr mochte er sie.

Und jetzt passierte noch etwas, das überhaupt nicht eingeplant war:

Robert hatte keine Sekunde vergessen, wo sie waren und was er tun wollte. Er wirkte zwar cool, war es aber nicht. Er aß schnell, hatte den Kopf meist gesenkt und beobachtete seine Umgebung sehr genau. Und da sah er ein Mädchen am anderen Ende des Tisches. Er hatte es bisher gar nicht bemerkt.

Und ausgerechnet er, der Wissenschaftler, war innerhalb einer Sekunde unsterblich verliebt!

11 Mariella

Sie musste so etwa in seinem Alter sein, hatte lange, braune Haare, blaugrüne Augen und ein hübsches Gesicht. Ihre Haut war leicht gebräunt – einfach perfekt! Sie lachte oft und dabei fielen ihr einzelne Haarsträhnen ins Gesicht.

Und was hatte sie da an? Eine schwarze Lederjacke, die aus Italien stammen musste. Das gab ihr etwas Wildes, passte aber nicht so ganz in diese Umgebung.

Egal, sie war einfach nur süß und Robert musste sie kennenlernen! Sie merkte, dass er sie anstarrte, und blickte lächelnd zurück.

Robert wurde rot, sein Herz raste. Er versuchte, sich das nicht anmerken zu lassen, was ihm aber nicht wirklich gelang.

Er nahm sich ein paar Weintrauben und stand zögernd auf. Will schaute ihn leicht verwundert an, sagte aber nichts. Sein Blick schweifte ohnehin immer wieder zu Vicky und ihrem neuen Verehrer.

Zögernd ging Robert um den Tisch herum und hatte Glück, dass der Platz neben ihr frei wurde.

„Scusa", sagte er (‚Entschuldigung' war eines der wenigen Worte Italienisch, die er konnte), „darf ich mich neben dich setzen?"

Sie lächelte und sagte mit leichtem Akzent:

„Ja, natürlich!"

„Wie heißt du?"

„Ich bin Mariella. Und du?"

„Ich bin Robert", antwortete er leicht verlegen.

„Ciao, Roberto", sagte sie, „seid ihr Gäste von meinem Bruder Luigi?"

Jetzt wusste er zumindest schon mal, zu wem sie gehörte!

„Nur indirekt, unsere Eltern haben in der 2. Klasse gebucht, aber da ist es einfach zu langweilig, alle tun so schrecklich vornehm."

(Insgeheim schämte er sich ein bisschen, das Mädchen gleich mit dem ersten Satz anzulügen, aber was sollte er denn machen? Er konnte ihr doch nicht die Wahrheit sagen: *Hey, wir kommen aus der Zukunft, schauen uns gerade die Titanic an und wollen das Schiff retten!*)

„Ja, die reichen Leute", lachte sie, „Geld kann man nicht essen und macht auch nicht glücklich!"

„Oh, meine Eltern sind nicht reich. Sie haben unser kleines Haus in England verkauft, um die Fahrkarten für die Überfahrt bezahlen zu können und Geld für einen Neustart in Amerika zu haben. Übrigens: Das da drüben sind meine Schwester Vicky und mein Freund William."

(Wenigstens der letzte Satz stimmte.)

Mariella warf ihre langen Haare mit Schwung zurück und sagte:

„Das ist schön, dass ihr zusammen seid. Ich habe nur noch meinen Bruder, er ist ein lustiger … wie sagt man … Typ."

Und dann erzählte sie ihm ihre Geschichte, als sei es das Normalste der Welt:

„Weißt du, ich war noch ganz klein, als meine Eltern starben. Meine Großeltern schickten uns von Italien nach England, zu Verwandten, weil sie dort bessere Chancen für unsere Zukunft sahen. Und Englisch sprechen wir beide sowieso ziemlich gut."

„Dein Englisch ist perfekt. Was macht ihr hier auf der *Titanic*?", fragte Robert und lehnte sich nach vorne.

„Na ja, bisher war ja alles ganz gut, obwohl ich mit der Schule wenig anfangen konnte."

Robert dachte: *Das kommt mir bekannt vor. Scheint sich in hundertsechs Jahren kein bisschen geändert zu haben.* (Fast hätte er das laut gesagt und alles verraten.)

„Ich habe jetzt die achte Klasse geschafft und hauptsächlich gelernt, wie man kocht, Strümpfe stopft und einen Haushalt führt. Das soll alles gewesen sein? Und außerdem ist die Schule ab der neunten Klasse nicht mehr umsonst, das Schulgeld ist sehr hoch. Das musst du aber doch kennen?"

Wie sollte er? Er murmelte irgendetwas Unverständliches. Jetzt war es ein Segen, dass es so laut im Speiseraum war.

„Wer soll das bezahlen?", redete sie weiter. „Also blieb nur die Möglichkeit, in einer der neuen Fabriken zu arbeiten, täglich zehn, elf oder zwölf Stunden lang."

Sie stampfte mit dem Fuß auf den Boden und schüttelte ihren Kopf. Robert kannte niemanden, der so viel Temperament wie dieses Mädchen hatte.

Er antwortete:

„Das wäre ja wohl das Letzte!"

„Genau das hat Luigi auch gemeint. Und so hat er alles Geld zusammengekratzt und Fahrkarten für die *Titanic* besorgt."

„Du, das kann ja in Amerika nur besser werden!"

Er hätte sich gern noch weiter mit Mariella unterhalten, aber irgendjemand fing an, ein italienisches Volkslied zu singen. Erst ganz alleine, dann sangen immer mehr Leute mit. So fröhlich und voller Hoffnung!

Nur Robert schnürte es die Kehle zu, das Wissen um das Ende der *Titanic* wurde langsam zum Fluch.

23.40 … 23.40 … diese Zahlen hämmerten in seinem Kopf. Um kurz vor Mitternacht würde die *Titanic* den verdammten Eisberg rammen und er hatte bisher noch nichts getan, um das zu verhindern!

Er musste Mariella retten. In Gedanken spielte er alle Möglichkeiten durch:

1. Er konnte versuchen, den Untergang zu verhindern, zum Beispiel, indem er den Kapitän warnte. Aber wie sollte er das schaffen?

2. Er konnte dafür sorgen, dass Mariella und ihr Bruder rechtzeitig einen Platz in einem Rettungsboot bekamen. Dann war nur zu hoffen, dass die beiden noch als Kinder durchgehen würden, denn Frauen und Kinder wurden nach altem Seerecht zuerst gerettet.

3. Oder – sie mit in die Zukunft nehmen? War das möglich? Sie hatten doch nur drei Armbänder. (Verstohlen blickte er auf seins, das nach wie vor in allen Farben blinkte.) Sollte er an Bord bleiben und sein Leben für Mariella opfern? Konnte sie überhaupt in der Zukunft zurechtkommen?

Jäh wurde er aus seinen Gedanken gerissen. Will und Vicky standen vor ihm und wollten los, das Essen war längst beendet.

Mit vielen Umarmungen verabschiedeten sie sich von den beiden und bedankten sich.

„Wenn ihr wollt, kommt doch heute Abend noch vorbei", sagte Luigi, „wir feiern ein großes Fest. Vorausgesetzt, eure Eltern erlauben es."

Er lachte und schaute Vicky an.

Robert hoffte so sehr, Mariella wiederzusehen und retten zu können.

Es musste einfach klappen!

12 Niemand sieht die Gefahr

Verlassen wir unsere drei Freunde einmal kurz und verschaffen uns einen

---

Überblick

über die Position der *Titanic*, das Wetter und mögliche Eisberge. Auf See ist es sehr wichtig, solche Dinge immer im Auge zu behalten!

Am frühen Abend befand sich die *Titanic* mitten im Nordatlantik. Die Temperatur war noch weiter gefallen, ohne eine warme Jacke konnte man es draußen kaum noch aushalten. Es war völlig windstill, das Wasser glatt wie ein Spiegel und keine Wolke am Himmel zu sehen. Die Sonne stand schon ziemlich tief, bald würde es dämmrig werden.

Die *Titanic* fuhr nicht direkt nach New York, wo es ja eigentlich hingehen sollte, sondern war zuerst in Richtung Süden gedampft.

Warum das? Der Kapitän und seine Offiziere wussten, dass der direkte Weg zu dieser Jahreszeit durch jede Menge Eis versperrt war, das von der Westküste Grönlands kam. Die Eisberge waren dort von den Gletschern abgebrochen und trieben jetzt mit einem kräftigen Meeresstrom, dem Labradorstrom, nach Süden – und das ausgerechnet durch die viel befahrene Route zwischen Europa und New York.

Und diese schwimmenden Eisklötze waren sehr gefährlich.

Mehr als fünfundachtzig Prozent eines Eisberges befinden sich nämlich unter Wasser und sind damit unsichtbar, zu sehen ist sprichwörtlich immer nur die Spitze des Eisberges!

Deshalb hatte Kapitän Smith sehr lange „Kurs Süden" befohlen und erst heute wieder direkt Richtung New York beidrehen lassen.

Um die Eisberge herumfahren ... das klingt doch recht einfach?

Das Dumme war nur, dass niemand genau wusste, wo sie gerade waren.

Eine echte Hilfe waren da nur die Meldungen anderer Schiffe, die Eisberge gesichtet hatten.

Da die *Titanic* über das stärkste und modernste Funkgerät der Welt verfügte, war das eigentlich kein Problem. Schon seit dem frühen Morgen kamen im Funkraum immer neue Meldungen von Schiffen an, die vor Eis warnten.

Die beiden Funker, Jack Phillips und Harold Bride, waren aber leider keine Seeleute und unterschätzten die ernst gemeinten Warnungen der anderen Schiffe. Deshalb gaben sie die vielen Eismeldungen gar nicht mehr an die Brücke weiter.

Außerdem waren sie ohne Pause damit beschäftigt, private Telegramme und Grüße vom „größten Schiff der Welt" in alle Richtungen zu versenden. Das hatte Vorrang, denn die Passagiere zahlten dafür viel Geld. Kaum zu glauben, oder?

Davon bekamen Robert, William und Vicky natürlich nichts mit, sie waren auf dem Weg nach oben. Zwei Decks höher zeigte ihnen ein Schild mit einem messingfarbenen Pfeil und der Aufschrift „Reception" den Weg.

Will sagte:

„Hier sind wir richtig. Wenn mich mein Instinkt gerade nicht völlig verlässt, landen wir gleich im Empfangsraum der 1. Klasse. Und zwar direkt neben der berühmten Treppe, die in unserem Museum nachgebaut ist und die jeder aus dem *Titanic*-Film kennt."

„Wir sollten uns so langsam auch etwas beeilen", antwortete Robert, „wir müssen den Kapitän warnen! Hier ist so viel zu sehen … Vergesst trotzdem die Zeit nicht!" Er schaute besorgt auf seine Armbanduhr: „Es ist bereits 19.20 Uhr! Wir haben über eine Stunde mit Luigi und den anderen gegessen."

„Keine Sorge, Rob, das kriegen wir hin", beruhigte ihn sein Freund. „Lasst uns gleich mal eine ruhige Ecke suchen und ich erkläre euch meinen Plan."

Und dann standen sie in der Empfangshalle. Wie soll man die bloß beschreiben?

Sie war vor allem eins: groß! Dicke, rote Teppiche dämpften jeden Schritt, die Decken waren strahlend weiß und wurden seitlich von weißen Säulen gestützt.

Überall waren Sitzgruppen mit grünen Sesseln verteilt, dutzende von echten Palmen dekorierten die Ecken und vor die runden Bullaugen (so nennt man die Fenster auf einem Schiff) waren große, bunte Scheiben gebaut, die indirekt beleuchtet wurden. Geschickt gemacht!

So vergaß man völlig, auf einem Schiff zu sein.

Viele Menschen standen in kleinen Gruppen zusammen, gingen durch die Halle oder hatten in den gemütlichen Sesseln Platz genommen.

Alle waren sehr vornehm gekleidet.

Die Frauen trugen lange Kleider aus kostbaren Stoffen. Ihr Schmuck war überaus wertvoll: Ketten aus Gold und Silber, Armbänder aus Südseeperlen, Ohrringe mit Brillanten ... Es funkelte und glitzerte überall.

Die Männer hatten schwarze Anzüge an, dazu trugen sie blütenweiße Hemden, weiße Fliegen und Handschuhe.

„Meine Güte", sagte Vicky, „ist das ein Luxus. Wie im Märchen!"

Besser konnte man es kaum ausdrücken, so etwas hatte noch keiner von ihnen gesehen. Das gab es auf keinem modernen Kreuzfahrtschiff – und Robert und Vicky hatten mit ihren Eltern schon eine Kreuzfahrt gemacht.

Die Leute waren so damit beschäftigt, nach Prominenten Ausschau zu halten, andere zu begrüßen und selbst gesehen zu werden, dass sie auf die drei Jugendlichen gar nicht achteten.

Und das, obwohl die hier wirklich nicht hinpassten!

Der Mittelpunkt der ganzen Szene war die große Treppe, die mehrere Decks miteinander verband.

Sie war zweigeteilt, hatte in der Mitte ein geschnitztes Geländer und wurde nach unten hin schwungvoll breiter ... wie eine Muschel.

Hier auf dem D-Deck konnte man, wenn man den Kopf in den Nacken legte, bis ganz nach oben schauen, wo eine blaue, riesige Glaskuppel alles überragte.

Einen Moment lang waren sie sprachlos, wie so viele, die das zum ersten Mal sahen.

Vicky flüsterte:

„Nachts sieht man bestimmt die Sterne durch das Glas funkeln! Wie schön muss das sein!"

William bedauerte, kein Handy eingesteckt zu haben; er hätte gern unauffällig ein paar Fotos gemacht. Die hätten dann nicht nur im Belfaster Museum einen Ehrenplatz bekommen, nein, sie wären bestimmt auf der ganzen Welt gefragt gewesen.

Robert hatte sich übrigens auch schon die ganze Zeit geärgert, nicht an eine Kamera gedacht zu haben.

Auf der anderen Seite zweifelte er daran, dass die Fotos sicher in ihrer Zeit angekommen wären. Wenn sie tatsächlich durch ein Wurmloch gereist waren, war die Energiedichte in dem Tunnel unglaublich groß gewesen, wenn man Albert Einstein glauben durfte. Und das hätten die Speicherkarten mit Sicherheit nicht heil überstanden.

Seine alte Uhr ... ja, das hatte geklappt!

„Da", sagte Will und riss ihn aus seinen Gedanken, „schaut mal da hinten! Das muss der Kapitän sein!"

13 Kapitän Smith erscheint

Kapitän Edward John Smith war eine stattliche Erscheinung, groß, mit weißem Bart und vier goldenen Streifen auf den Ärmeln seiner schneeweißen Uniformjacke.

Er galt als erfahrenster Kommandant seiner Zeit und wollte nach dreißig Jahren auf See mit einem krönenden Abschluss in den Ruhestand gehen, nämlich, das größte und schönste Schiff der Welt befehligt zu haben.

Außerdem schien er bei den Passagieren sehr beliebt zu sein, denn er musste auf seinem Weg durch die Empfangshalle zahlreiche Hände schütteln.

Robert wusste nicht, was er machen sollte.

„Ich kann doch jetzt nicht hingehen und sagen: ‚Guten Abend, Sir, Ihr Schiff ist in Gefahr und wird vielleicht untergehen.' Der würde mich doch überhaupt nicht ernst nehmen! Das klingt auch einfach zu bescheuert!"

„So geht es wirklich nicht", murmelte William.

Verflixt, sie konnten dem Kapitän doch auch nicht erzählen, dass sie aus der Zukunft kamen! Oder?

Ratlos schlenderten sie durch den Saal und näherten sich ihm. Kapitän Smith hatte inzwischen an einem kleineren Tisch Platz genommen und sprach leise mit einem anderen Mann. Der Tisch wurde zum größten Teil von einer Palme verdeckt, hinter der sie unbemerkt mithören konnten.

Und nun wurde es interessant.

„Kapitän, ich befehle Ihnen, das Schiff zu beschleunigen! Lassen Sie mehr Kohlen in die Heizkessel schaufeln, geben Sie mehr Dampf!"

„Sir, das möchte ich lieber nicht versuchen, wir haben mehrere Eiswarnungen und ich weiche deshalb schon weit nach Süden aus."

„Das kostet uns ja noch mehr Zeit! Der *Titanic* wird schon nichts passieren. Ich möchte gern einen Tag eher in New York ankommen, schon am Dienstag. Das wäre die beste Werbung!"

„Bei allem Respekt, das Risiko ist zu dieser Jahreszeit schon hoch genug. Werbung!" Er schnaubte verächtlich durch die Nase und sagte dann: „Wir sind bereits bei über zwanzig Knoten und versuchen, das gefährliche Gebiet so schnell wie möglich hinter uns zu lassen. Mehr kann ich Ihnen nicht versprechen."

Der andere Mann stand wütend auf und verschwand ohne jedes weitere Wort in die andere Richtung.

Vicky fragte:

„Wer war das denn?"

William holte tief Luft und antwortete:

„Ich denke, das war Bruce Ismay, der Direktor der Reederei, also der Firma, der die *Titanic* gehört."

„Krass! Er hat versucht, den Kapitän zu noch schnellerem Fahren zu überreden."

„Richtig! Und mein Vater rätselt wie viele seiner Kollegen bis heute, ob dieses Gespräch wirklich stattgefunden hat."

„Was heißt heute", grinste Robert, „du springst aber ganz schön zwischen den Jahren."

„Ihr wisst, was ich meine! Jedenfalls hat es diese Unterredung tatsächlich gegeben und Kapitän Smith wusste von der Eisberg-Gefahr."

Der Kapitän stand auf und ging ebenfalls. Die Chance, ihn hier anzusprechen, war damit vertan.

So einfach ließ sich die *Titanic* nicht retten.

Robert sagte:

„Setzen wir uns. Wir müssen uns was überlegen – und zwar, ohne ständig von der *Titanic* abgelenkt zu werden, die einen so extrem in ihren Bann zieht. Man glaubt ja bald selbst nicht mehr, dass hier etwas Schlimmes passieren könnte."

Und sie nahmen genau da Platz, wo wenige Minuten zuvor noch der mächtigste Mann an Bord, Kapitän Edward Smith, gesessen hatte. Man roch noch seinen Tabak.

Hatten sie jetzt die Gelegenheit, einen Fehler der Vergangenheit wiedergutzumachen?

Sollte das der eigentliche Sinn ihrer Zeitreise sein?

Robert legte los, es sprudelte nur so aus ihm heraus, was er schon seit Stunden im Kopf hatte:

„Wenn das Schiff erst den Eisberg gerammt hat, wird es sich noch Stunden über Wasser halten können, aber der Untergang ist dann so gut wie sicher. Dann können wir nichts mehr tun, außer dabei zu helfen, dass möglichst viele Menschen in die Rettungsboote kommen. Unsere Möglichkeiten wären aber sehr begrenzt – die Offiziere haben das Kommando an den Booten. Und wenn tausend-fünfhundert Leute in Panik geraten, ist sowieso alles außer Kontrolle. Wir selbst müssen übrigens sehr genau darauf achten, rechtzeitig die Rückreise in unsere Zeit anzutreten, sonst sind wir auch in Gefahr! Und wir können niemanden mitnehmen – wir haben nur drei Armbänder und keiner opfert sich und gibt sein Armband ab."

(Denkst du auch, dass er sich selbst damit meinte?)

„Aber was sollen wir denn jetzt bloß machen?", fragte Vicky und sah auf einmal ganz schmal aus.

„Wir müssen versuchen, unser Wissen zu nutzen", sagte Will, „das ist unser Vorteil."

„Das sehe ich auch so", meinte sein Freund. „Sag, wer hatte das Kommando auf der Brücke, als der Zusammenstoß passierte?"

„Das war der 1. Offizier, William McMaster Murdoch."

„Also nicht der Kapitän. Was weiß man denn über diesen Murdoch?"

„Oh, er soll ein kluger Mann gewesen sein, der sich viele Gedanken machte und nicht nur blind Befehlen gehorchte. Er scherte sich zum Beispiel kein bisschen um den Befehl ‚Frauen und Kinder zuerst!', als es darum ging, die Leute in die Rettungsboote zu lassen. Die meisten Geretteten verdanken ihm sein Leben. Das ist überliefert."

„Mmh, dann sollten wir versuchen, mit ihm zu reden", schlug Robert vor.

„Und was sagen wir ihm?"

„Wir erfinden was … Dein Vater, Will, könnte doch ein bekannter Eisforscher sein …"

„Ja, und?", mischte sich Vicky ein.

„Und der Vater liegt seekrank in seiner Kabine, hat uns aber beauftragt, auf der Brücke mitzuteilen, dass er extrem viele Eisberge für dieses Gebiet berechnet habe."

Diese Idee fanden die beiden anderen nicht gerade toll.

„Es ist doch so", rechtfertigte er sich, „alles, was dazu führt, dass die Wachen genauer nach Eisbergen Ausschau halten oder die *Titanic* ihre Geschwindigkeit verringert, kann das Überleben bedeuten! Und ich werde dem Offizier eine weitere

Sicherheitsmaßnahme vorschlagen, für die ich aber noch einige Berechnungen vornehmen muss."

Will sagte:

„Alles hängt also davon ab, wie überzeugend wir die Geschichte vom seekranken Vater rüberbringen." Er schaute an die Wand, an der eine schwere hölzerne Pendeluhr hing. „Fast 20.00 Uhr! Wir versuchen es! Wir haben keinen Plan B und die Uhr läuft gegen uns und die *Titanic*."

So entschlossen hatte Robert ihn selten gesehen.

14 Ein Gespräch um Leben und Tod

Fest stand: Sie mussten dringend mit William Murdoch, dem 1. Offizier, sprechen – so weit der Plan. Nur wie sollten sie das hinbekommen?

Die Offiziere waren doch oben auf der Brücke und nicht hier unten bei den Gästen!

(Beim Kapitän hatte das übrigens andere Gründe: Es gehörte zu seinen Aufgaben, die Passagiere an Bord zu begrüßen. Das ist in unserer Zeit noch genauso.)

„Ich schlage vor", sagte Will, „dass wir gar nicht erst versuchen, heimlich auf die Brücke oder gar in die privaten Kabinen der Offiziere zu kommen. Das würde nur Ärger geben. Bitten wir einfach einen Steward um Hilfe, theoretisch hat jeder Passagier das Recht, mit dem Kapitän oder seinem Vertreter zu sprechen."

Ein Glück, dass er sich so gut mit den Gebräuchen an Bord eines Schiffes auskannte – und besonders mit der *Titanic*!

Vicky zögerte nicht lange, sondern sprach einen jungen Steward an, der an einer Tür stand. Er hatte die Arme hinter dem Rücken verschränkt und langweilte sich offensichtlich.

„Entschuldigung, Sir", sagte sie sehr höflich, „wir möchten zur Brücke. Können Sie uns helfen?"

„Was wollt ihr denn da?", fragte er zurück und fühlte sich auf einmal sehr geschmeichelt. Wer redete ihn sonst schon mit „Sir" an?

„Unser Vater schickt uns ... Er liegt seekrank in seinem Bett und hat uns beauftragt, dem Kapitän etwas Dringendes zu melden."

Der Steward sah sie etwas verblüfft an, sagte dann aber:

„Nun, ich werde sehen, was ich tun kann."

Das hatte sie clever gemacht ... Eine Frage nach dem Kapitän klang immer wichtig und er musste ja gar nicht wissen, dass sie eigentlich den 1. Offizier sprechen wollten.

Jetzt brauchten sie nur noch etwas Glück!

Er ging zu einem Telefon, nahm den Hörer ab, drehte an einer Kurbel und sprach dann leise hinein. Verstehen konnte man nichts.

Robert wurde nervös.

Was sollten sie tun, wenn sie überhaupt nicht vorgelassen wurden?

Aber seine Sorgen waren diesmal unbegründet:

„Okay, ich kann euch nichts versprechen, unser Kapitän hat immer sehr viel zu tun. Aber vielleicht kann euch einer der Offiziere weiterhelfen."

Bingo, dachte Robert, *genau das wollen wir doch!*

Der Steward führte sie zur großen Treppe, neben der sich drei Fahrstühle befanden. Dann drückte er

auf einen Knopf an der Seite und einer der Fahrstühle öffnete sich.

„Grüß dich, Carl", sagte er zu einem Jungen,
dessen einzige Aufgabe offenbar darin bestand,
die Leute mit dem Fahrstuhl nach oben und unten
zu fahren, „bringst du unsere jungen Gäste rauf
und zeigst ihnen den Weg zur Brücke? Sie möchten unbedingt zum Käpt'n!"

Dieser nickte und sie stiegen ein. Ein Gitter
schloss sich und der Fahrstuhl ruckelte langsam
los.

„Pling!", ertönte eine Glocke und sie waren da.

Dann meinte er:

„Jetzt sind wir auf dem A-Deck, der Fahrstuhl
endet hier leider. Geht im Treppenhaus noch ein
Stockwerk nach oben und ihr steht auf dem höchsten Deck der *Titanic*. Dann an den Offizierskabinen
vorbei und mal an der Brückentür anklopfen …
Viel Glück!"

Er grinste.

Was dachte der eigentlich? Dass sie dem Kapitän nur mal die Hand schütteln wollten? – Hier
ging es um Leben und Tod!

Kurze Zeit später standen sie vor der Tür der
Kommandobrücke.

Hier war also das „Gehirn" der *Titanic*! Sie zö-
gerten, bis Will sich schließlich räusperte und an-
klopfte. Erst zaghaft, dann ein paarmal lauter.

James Moody, der 6. und jüngste Offizier, öffnete ihnen.

Er hatte erst seit 20.00 Uhr Wache auf der Brücke, natürlich nicht alleine, denn auf großen Schiffen werden immer mehrere Leute gebraucht, um ein Schiff sicher fahren zu können.

Will nahm allen Mut zusammen:

„Guten Abend, Sir, ich bin William O'Brian, dies sind meine Freunde Vicky und Robert. Mein Vater, der seekrank in seinem Bett liegt, hat uns gebeten, dem Kapitän oder dem 1. Offizier eine wichtige Mitteilung zu überbringen. Wäre das möglich?"

Mr Moody war sehr freundlich:

„Oh, kein Problem, zumal hier gerade alles sehr ruhig ist. Der Kapitän ist nicht da, aber vielleicht können wir unseren Ersten, Mr Murdoch, fragen, ob er mal eben kommen kann, obwohl sein Dienst erst um 22.00 Uhr beginnt."

Will wäre jetzt zu gern direkt auf die Brücke spaziert: Ruderanlage, Kompass, Maschinentelegraf, Elektrik ... die ganze alte Technik interessierte ihn brennend. Er stellte sich auf die Zehenspitzen, konnte aber nicht viel erkennen.

Mr Moody ließ sie leider nicht herein, sondern sagte nur:

„Wartet bitte einen Moment!"

Dann schloss er die Tür.

Nach wenigen Minuten war er wieder da, nickte lächelnd und führte sie in einen kleinen Aufenthaltsraum, keine zehn Meter entfernt.

„Mr Murdoch kommt gleich."

Sie warteten erneut. Und das zerrte an den Nerven!

Auf dem Tisch standen mehrere benutzte Kaffeetassen und ein Aschenbecher mit ausgedrückten Zigarettenkippen.

Das einzige Fenster war leicht geöffnet. Draußen war es dunkel geworden und eisige Luft kam herein. Von hier oben sah man die vielen Lichter des Schiffes, die sich im Wasser spiegelten und dort lustig herumtanzten.

Und dann kam William Murdoch, der 1. Offizier der *Titanic*.

Er trug eine schwarze Uniform, stellte sich lächelnd vor und reichte ihnen die Hand.

„Hallo, guten Abend! Meine Dame, meine Herren, Mr Moody ließ mich rufen. Ich habe gerade dienstfrei, aber das ist schon in Ordnung. Was kann ich für euch tun?"

„Also ... danke erst mal, dass Sie sich Zeit nehmen. Ich heiße auch William ... William O'Brian. Das sind meine Freunde Viktoria und Robert McClary. Mein Vater ist Meteorologe am Nautischen Institut in Southampton und wollte eigentlich selbst mit Ihnen oder dem Kapitän sprechen, aber er liegt seekrank in unserer Kabine."

Oha, seekrank, dachte Robert, *da hätte uns was Besseres einfallen müssen. Die See ist so ruhig, kein Mensch ist gerade seekrank! Aber das mit dem Institut klingt wirklich gut!*

„Das Institut kenne ich und deinen Vater vom Namen her auch."

(Mmh? Das musste ja wohl eine Verwechslung sein.)

„Sir", übernahm Vicky, „er hat berechnet, dass dieses Jahr hier besonders viele Eisberge sind, weil es im Norden, wo sie herkommen, so ungewöhnlich warm ist. Dort sind überall welche abgebrochen! Er irrt sich fast nie und will den Kapitän warnen."

Sie schaute ihn fast flehentlich an. In seinen kühnsten Träumen konnte er nicht ahnen, was dieses junge Mädchen, vierzehn Jahre alt und in der achten Klasse, alles wusste ...

15 Wir retten die *Titanic*!

William Murdoch lächelte und sagte: „Macht euch keine Gedanken! Ich nehme die Warnung eures Vaters sehr ernst und werde den Kapitän darüber informieren. Über unsere Reisegeschwindigkeit entscheidet er. Ich werde den Männern, die draußen im Ausguck stehen und Wache halten, aber noch einmal einschärfen, besonders gut aufzupassen. Im Übrigen ist die *Titanic* so sicher wie kein anderes Schiff. Sie kann kleinere Eisschollen einfach zur Seite schieben."

Er stand auf und schloss das Fenster.

Dann nahm er eine große Thermoskanne, ein paar Becher und goss jedem einen heißen Tee ein.

Sie wurden unterbrochen, es klopfte und die Tür ging auf.

Ein Matrose kam herein und nahm Haltung an; dann grüßte er mit der rechten Hand an der Mütze und sagte:

„Sir, Entschuldigung, wenn ich störe, die Wassertemperatur ist bei null Grad und sinkt weiter, unter den Gefrierpunkt. Sollen wir die Süßwassertanks überprüfen?"

„Auf jeden Fall, da darf nichts einfrieren! Kontrollieren Sie auch die Leitungen, Matrose!"

„Aye, Sir", kam die Bestätigung und er verließ den Raum.

Robert wusste, welche Gefahr dahintersteckte: Es mussten riesige Eisberge in der Nähe sein, die dafür sorgten, dass sich das Meerwasser so stark abkühlte.

„Kann ich sonst noch etwas für euch tun?", fragte er.

Robert zögerte, denn es war schon etwas dreist, einem erfahrenen Offizier so etwas zu sagen:

„Na ja, ich interessiere mich sehr für Physik … Es war ja in fast jeder Zeitung zu lesen, warum die *Titanic* praktisch unsinkbar ist – wegen der sechzehn Unterteilungen! Ich finde diese Konstruktion genial. Selbst wenn bei einem Zusammenstoß mehrere Bereiche mit Wasser volllaufen, ist die *Titanic* nicht in Gefahr." Murdoch nickte. „Nur, Sir, bei allem Respekt: Wenn wir gerade in solch einem schwierigen Seegebiet sind … was halten Sie davon, die vorderen Quartiere und Kabinen räumen zu lassen, damit niemand zu Schaden kommt, falls wir doch irgendwo frontal auf einen Eisberg auflaufen? Die *Titanic* würde das überleben, für die Menschen in den vorderen Räumen wäre es bestimmt gefährlich."

An dieser Stelle lachte der 1. Offizier laut auf.

„Respekt! Du bist gut, Junge! Aber du hast eine blühende Fantasie. Wenn es erlaubt wäre, würde ich dich gern mit auf die Brücke nehmen und dir zeigen, wie viele Männer gerade aufpassen, damit das nicht passiert."

„Sir ..."

„Lass es gut sein! Aber ich werde tatsächlich mal mit Mr Andrews darüber reden. Er hat das Schiff konstruiert und ist auch an Bord. Und in einem hast du recht, wir müssen jede denkbare Möglichkeit ausschließen, durch die Menschen zu Schaden kommen könnten. Egal, ob arm oder reich!"

Damit war das Gespräch beendet, der Tee ausgetrunken ... Murdoch bedankte sich und ließ den Vater herzlich grüßen.

Ein fähiger Mann, aber das Undenkbare konnte auch er nicht denken: Zu überzeugt war er von dem Schiff, das 1912 ja tatsächlich als wahres „Wunder" galt.

Robert hatte gewusst, dass er mit seinem Vorschlag nicht weit kommen würde. Natürlich ließen sich die ganzen vorderen Quartiere jetzt nicht mehr räumen. Aber er hatte auch etwas ganz anderes beabsichtigt: Er wollte Murdoch indirekt auf die Idee bringen, das Schiff frontal auf den besagten Eisberg zu steuern, sollten alle Warnungen ohne Erfolg sein.

Er hatte es seit Stunden berechnet und trotzdem war ihm die Entscheidung, diesen Gedanken auszusprechen, unendlich schwergefallen.

Warum, fragst du?

Eine einfache, aber tödliche Rechnung: Bei einem Zusammenstoß direkt von vorne wären die vorderen fünfzehn bis zwanzig Meter der *Titanic* zerstört, aber maximal zwei Kammern mit Wasser überflutet worden. Die *Titanic* wäre nicht gesunken.

Aber der Preis für dieses Manöver wäre hoch gewesen, denn alle Menschen, die sich ganz vorne aufhielten, wären zerquetscht worden oder jämmerlich ertrunken.

Durfte man so etwas Schlimmes denken und sogar aussprechen? Hundert Menschen opfern, um tausend zu retten?

Nun konnten sie erst einmal nichts weiter tun, als abzuwarten. Sie fuhren mit dem Fahrstuhl wieder nach unten aufs D-Deck.

Carl, der Fahrstuhljunge, fragte sie:

„Na, habt ihr die Brücke besichtigt? Und den Kapitän kennengelernt?"

„Ja, war ganz nett ...", antwortete Vicky nur.

Zum Reden war ihnen gerade nicht zumute, jeder hing seinen Gedanken nach.

In der Halle angekommen, mussten sie irgendwie alle gleichzeitig zur Toilette. Entweder war es der Tee oder die Anspannung, was in den nächsten Stunden passieren würde. Gott sei Dank war es kein Problem, hier öffentliche Toiletten zu finden.

Vicky fiel auf, wie sauber und hell erleuchtet alles war, es gab große Spiegel im Waschbereich, Blumensträuße zur Dekoration, weiße Handtücher und kleine Parfümfläschchen, die man mitnehmen durfte. Das war etwas für sie!

Überall auf dem Schiff wurde gegessen. Dieses ständige Essen!

„Ich glaube, die futtern auch aus Langeweile", sagte Robert, „oder weil die Seeluft so hungrig macht."

William wusste mehr:

„Das mit der Langeweile stimmt schon, schaut mal hier" – er zeigte auf die Speisekarte der 1. Klasse, die neben der großen Treppe hing – „elf Gerichte hintereinander! Aber es hat auch noch einen anderen Hintergrund: Das Besondere ist, dass dies auf einem Schiff serviert wird. Das ganze Essen soll den Luxus und den Fortschritt zeigen."

„Frisch gepflückte Weintrauben aus dem Gewächshaus", las Vicky vor. „Ob es hier wirklich ein Gewächshaus gibt?"

„Das meine ich", antwortete Will, „noch vor fünfzig oder sechzig Jahren gab es auf langen Seereisen meist nur Zwieback, Erbsensuppe und hartes, gesalzenes Fleisch. Ganz selten Gemüse und Obst, wenn man gerade einen Hafen angelaufen hatte. Sogar das Wasser war knapp! Das verfaulte zwar nicht mehr wie auf den Segelschiffen im Mittelalter, aber in den schweren Eisentanks konnte man nur relativ wenig mitnehmen. Und hier? Hier gibt es alles, was du dir nur vorstellen kannst!"

„Also Hunger habe ich gar nicht, aber eine Cola wäre jetzt nicht schlecht."

„Eine Cola – 1912!"

Ihr Bruder verdrehte die Augen.

Zufällig kam Carl um die Ecke. Er winkte – sie sollten ihm folgen!

16 Die siebte Warnung: Eis!

Obwohl es eigentlich streng verboten war, nahm Carl sie mit in einen Aufenthaltsraum für das Personal – nachdem er sich vorsichtig umgeschaut hatte, ob sein Chef in der Nähe war.

„Zu den Superreichen da vorne passt ihr aber auch nicht so ganz", grinste er, „aber ich verstehe, dass ihr euch alles mal angucken wollt. Obwohl wir uns das sowieso niemals leisten könnten. Setzt euch, wohin ihr wollt."

Tatsächlich hatten sie von hier aus einen ziemlich guten Blick in den Speisesaal und die Empfangshalle, zumindest immer dann, wenn sich eine der beiden Schwingtüren öffnete, weil ein Steward hinauseilte oder hereinkam.

Praktisch!

Diese Türen konnte man auch dann benutzen, wenn man seine Hände nicht freihatte.

„Ich kann leider nicht bleiben. Wenn mein Chef mich hier sieht, verdonnert er mich bis nach New York zum Fahrstuhl-Dienst. Wollt ihr etwas trinken?"

„Oh, eine Cola wäre nicht schlecht", rutschte es Vicky prompt heraus.

Nein, dachte Robert, *die blöde Cola ist ihr nicht mehr aus dem Kopf gegangen und kann uns hier ganz schnell verraten.*

Aber glücklicherweise machte sich Vicky damit gar nicht verdächtig, 1912 gab es nämlich schon Coca-Cola und die kannte Carl auch.

„Cola? Das ist dieses neue Zeug aus Amerika, oder? Und wahrscheinlich das einzige Getränk, das die *Titanic* nicht an Bord hat!" Er lachte aus vollem Hals und strubbelte sich durch die Haare. „Das muss man erst mal schaffen! Darf es vielleicht auch eine eisgekühlte Limonade sein?"

Er tat sehr vornehm, verbeugte sich und verschwand um die Ecke, ohne eine Antwort abzuwarten.

Keine drei Minuten später kam er mit mehreren Gläsern zurück:

„Zitrone und Orange ... nehmt euch einfach!"

Robert sagte:

„Danke schön, das ist sehr nett von dir. Ich hoffe, es gibt deswegen keinen Ärger?"

„Nein, keine Sorge, aber ich muss weitermachen. Ihr denkt daran, dass die Restaurants alle um Punkt zehn Uhr schließen? Die Kollegen müssen noch aufräumen und die Tische für morgen früh decken."

Er grüßte und sagte:

„Bis nachher mal!"

Ein feiner Kerl!

Durch die rechte Tür konnte man in den Speisesaal schauen, größer als zwei Turnhallen ... nur viel schöner eingerichtet! Bequeme Polsterstühle standen auf dicken Teppichen, die Wände waren komplett mit Holz vertäfelt, die bunten Fenster handbemalt und unzählige messingfarbene Lampen tauchten alles in ein warmes Licht.

Zwischen den Tischen balancierten die Kellner geschickt ihre Tabletts mit Speisen und Getränken.

Durch die linke Tür konnte man einen Blick in den Empfangssaal werfen. Hier nahmen gerade die Mitglieder des Orchesters Platz. Acht Männer, ein Pianist und sieben Musiker mit Streichinstrumenten, spielten fröhliche Unterhaltungsmusik: Tanzmusik, Schlager, Walzer ... Und obwohl das nun überhaupt nicht die Musik war, die unsere drei ansonsten so hörten, wippten auch sie im Takt mit, so beschwingt und voller Lebensfreude war sie!

(Übrigens, liebe Leser: In dieser Nacht spielten die acht Musiker zum ersten Mal alle zusammen, vorher hatten einige immer frei gehabt. Wie so oft können wir uns fragen, ob das Schicksal war ... Denn wenn der 1. Offizier tatsächlich nichts weiter unternahm, würde es keinen weiteren Abend geben, an dem sie das tun konnten.)

Weil die Stimmung hier so heiter war, versammelten sich immer mehr Passagiere in der Halle.

Bald war jeder Sessel besetzt.

Vicky hatte ihr Glas leer getrunken und nahm sich ein neues, sie kämpfte gegen die Müdigkeit.

Die schlechte Luft hier unten und die vielen Menschen taten ihr Übriges.

Robert kaute mal wieder auf seiner Unterlippe und dachte nach:

Die Angestellten scheinen wirklich keinen blassen Schimmer zu haben, wie gefährlich das Seegebiet ist, durch das wir gerade brettern. Dafür muss man doch kein Offizier sein! Oder sie halten die Titanic wirklich für unsinkbar, was ja auch nicht schwerfällt. Wir merken hier ja gar nicht, dass wir auf einem Schiff sind.

„Hallo", holte Will ihn aus seinen Gedanken, „alles okay? Trink was!"

Dabei kannte er seinen Freund nur zu gut, um zu wissen, dass der sich gerade große Sorgen machte. Was er nicht ahnte: Darin kam auch ein italienisches Mädchen mit langen, braunen Haaren vor, das nur zwei Decks tiefer saß, aber fast unerreichbar war …

Unterdessen eilte die *Titanic* über das dunkle Meer, über ihr schimmerten unzählige Sterne. Die vielen Lampen auf den Decks ließen sie noch schlanker und eleganter erscheinen, als sie es ohnehin schon war.

Die weißen Aufbauten hoben sich deutlich vom Nachthimmel ab, die vier Schornsteine schienen ihn fast zu berühren.

Um 21.40 Uhr erreichte bereits die siebte Eiswarnung die beiden Funker der *Titanic*. Sie kam vom Passagierschiff *Mesaba*, das wie die *Titanic* auch bei Harland & Wolff in Belfast gebaut worden war.

Sie lautete wörtlich:

„Von der Mesaba an die Titanic und alle Schiffe mit östlichem Kurs. Auf 42 Grad bis 41,25 Grad nördlicher Breite, 49 Grad bis 50,3 Grad westlicher Länge wurden starkes Packeis und zahlreiche große Eisberge gesichtet, ebenso Eisfelder. Wetter gut und klar."

Jack Phillips, der Dienst am Funkgerät hatte, gab diesen Spruch nicht weiter, weil er vorher schon so viele Meldungen an die Brücke übermittelt hatte. Die Herren Offiziere mussten das doch langsam verstanden haben! Und leider hatte der Funker der *Mesaba* auch noch vergessen, das Kürzel „MSG" an die Nachricht anzuhängen (MSG bedeutete „Master Service Gram" = dringende Nachricht für den Kapitän!). So reihte sich eine dumme Kleinigkeit an die andere.

Phillips war, wie wir ja mittlerweile wissen, kein gelernter Seemann, er konnte deshalb mit den Gradzahlen nur wenig anfangen.

Ansonsten hätte er nämlich erkannt, was die *Mesaba* da gerade meldete: Ein riesiges, fast rechteckiges Eisfeld mit Eisbergen wie aus Beton.

Und die *Titanic* hielt mit voller Fahrt darauf zu …

17 „Plan B"

Mittlerweile war es fast 22.00 Uhr und tatsächlich begannen die Angestellten, die Tische abzuräumen und alles für das Frühstück am nächsten Morgen vorzubereiten.

Das Orchester spielte als letztes Lied „Auld Lang Syne", eine ruhige, sehr schöne Melodie.

Viele Passagiere summten leise mit oder sangen sogar. Sie kannten fast alle den Text!

Auch im Aufenthaltsraum, in dem unsere drei noch immer saßen, war er deutlich zu verstehen:

„Der Himmel wölbt sich übers Land,
ade, auf Wiederseh'n!
Wir ruhen all in Gottes Hand,
lebt wohl, auf Wiederseh'n."

Das ging irgendwie zu Herzen. Und bei den allerletzten Zeilen rollten Vicky die Tränen über die Wangen.

„So ist in jedem Anbeginn
das Ende nicht mehr weit.
Wir kommen her und gehen hin
und mit uns geht die Zeit."

Das war doch nur als Gute-Nacht-Lied gedacht! Aber es passte so sehr zur *Titanic*!

Will nahm ihre Hand, um sie ein bisschen zu trösten.

Auch er musste schlucken.

Robert grummelte vor sich hin:

„Der Mensch ist für solch ein Abenteuer, wie wir es gerade erleben, einfach nicht geschaffen. Etwas über die Zukunft zu wissen, ist eine enorme Last. Und Verantwortung! Die singen vom Ende … wenn es diesmal nur ein gutes Ende nimmt!" Dieses Rumsitzen war nichts für ihn, er musste hier raus. „Kommt", sagte er, „wir gehen an die Luft. Das geht einem ja an die Nieren."

Sie bahnten sich einen Weg durch die Empfangshalle und fanden sich plötzlich in einem Strom von Menschen wieder. Einige wollten in die Rauchsalons, um noch etwas zu trinken oder Karten zu spielen; die meisten aber waren müde und wollten in ihre Kabine.

Vor den drei Fahrstühlen warteten ganze Trauben von Menschen, deshalb beschlossen sie, die große Treppe nach oben zu nehmen.

„Meine Güte", sagte Will, „das ist ja ein Gedränge. Wie muss das erst hinten im Schiff sein. Da ist das Treppenhaus viel enger und es gibt nur einen Aufzug!"

„Hast recht", antwortete Robert, „wenn hier Panik ausbricht oder das Licht ausgeht, wird es richtig schlimm."

„Ich sehe auch nirgendwo Notausgänge oder ein Alarmsystem. Etwas weniger Luxus und dafür mehr Sicherheit wären gut."

„So denken wir heute ... also hundert Jahre später. Die Menschen hier vertrauen ganz der modernen Technik."

Fast unmerklich schüttelte er den Kopf.

„Will, wo gehen wir hin?", fragte Robert schließlich. „Ich kriege einen Vogel in dieser Menschenmasse!"

„Folgt mir, ich hab eine Idee!", antwortete er nur.

Und die Idee war gut!

Vom D-Deck ging es die Etagen nach oben ... C- und B-Deck ... bis sie auf dem A-Deck standen. Über ihnen wölbte sich die Glaskuppel des Treppenhauses, die Sterne schimmerten wie Diamanten hindurch.

Hier war man dem Himmel so nah und fühlte sich gleichzeitig so klein!

William sagte:

„Schön, nicht wahr? Aber wir müssen weiter! Hört mal, ich habe mir Folgendes ausgedacht: Ich will ganz nach vorne, wo wir das Meer beobachten können. Wenn wir gut aufpassen, sehen wir vielleicht zuerst den gefährlichen Eisberg und können die Matrosen draußen im Ausguck warnen. Was haltet ihr davon?"

„Prima! Das wäre dann Plan B", meinte Robert, „wir können auch gar nichts anderes tun. Und je höher wir sind, desto weiter ist die Sicht!"

„Eben! Mir fiel spontan das A-Deck ein. Die vordersten Räume bestehen nicht aus Kabinen, sondern sind frei zugänglich und haben einen Ausgang nach draußen. Aber garantieren kann ich das natürlich nicht, ich weiß das auch nur aus meinen Büchern und den Modellen im Museum."

„Klappt schon", sagte Vicky und legte ihre Hand auf seine Schulter, „ohne dein Wissen wären wir überhaupt nicht so weit gekommen."

Er wurde rot, weil Vicky ihn lobte und ihm gerade so nahe war.

Dass ihm das immer wieder passierte!

Will ging voran, Richtung Bug (so nennt man den vorderen Teil eines Schiffes). Er machte eine Tür auf und sie standen in der „Lounge", einem Aufenthaltsraum mit goldener Decke und gemütlichen Sesseln.

Rechts war eine große Vitrine mit vielen Büchern, an der Wand befand sich ein Kamin aus weißem Marmor, in dem noch immer ein gemütliches Feuer brannte.

Es knisterte ein bisschen.

Und nur ganz leise war das Rauschen des Meeres zu hören.

Kein Mensch war zu sehen.

„Schaut", sagte Vicky und deutete auf ein Schild, „hier wird um halb zwölf abgeschlossen!"

„Na", antwortete ihr Bruder, „sollten wir dann wirklich noch hier sein und sie schließen uns ein, nehme ich mal wieder mein Taschenmesser – wie MacGyver. Der knackt damit auch jede Gefängnistür!"

Vicky fand das gar nicht komisch, sie mochte es überhaupt nicht, eingeschlossen zu sein.

Sie durchquerten den Raum und kamen in die Veranda, den vordersten Raum auf dem A-Deck. Und hätte die Veranda nicht solch eine dicke Glasscheibe gehabt, wäre man durch den Fahrtwind glatt umgepustet worden.

Trotzdem hatte man ein bisschen das Gefühl, in einem Garten zu sein: Der Boden war schwarzweiß gekachelt, die großen Fenster reichten bis auf den Boden und zwei Meter hohe Palmen und Sträucher waren, in große Töpfe gepflanzt, im ganzen Raum verteilt.

Die beiden Jungen rannten nach vorne.

„Das ist es!", rief William. „Ein toller Blick nach vorne … Bugspitze, vorderer Mast … alles zu sehen! Ist ja auch kein Wunder, wir sind direkt unter der Kommandobrücke!"

Er war richtig begeistert und vergaß für einen Moment, in welcher Gefahr sie schwebten.

Die *Titanic* fuhr sehr schnell, umgerechnet fast vierzig Stundenkilometer, als wollte sie den Eisbergen entkommen, indem sie möglichst zügig zwischen ihnen hindurcheilte.

In der Veranda war es ziemlich kühl, von der Wärme des Kaminfeuers merkte man hier nichts. Will streckte seine Hand durch ein seitliches Fenster, zog sie aber schnell wieder zurück – er hatte das Gefühl, in einen Gefrierschrank zu fassen.

Wie lange konnten sie hier ohne warme Kleidung ausharren?

Die beiden Jungen trugen ja nach wie vor nur die dünnen Jacken aus Samt, Vicky das weiße, mit Spitzen besetzte Kleid. Eben die Sachen, die sie aus der Kabine der 2. Klasse „geliehen" hatten!

Seitdem waren nur ein paar Stunden vergangen, aber es kam ihnen wie eine halbe Ewigkeit vor.

Robert öffnete die Tür nach draußen. Sie wurde ihm fast aus der Hand gerissen – hier ganz oben, ungeschützt dem Fahrtwind des Schiffes ausgesetzt. Im Freien tränten einem schon nach kurzer Zeit die Augen und man konnte kaum noch etwas sehen.

Vor ihnen ragte der Mast in die Höhe. An ihm war hoch oben ein Korb montiert, in dem gerade die beiden Matrosen Reginald Lee und Frederick Fleet standen und aufs Wasser starrten. Ihre einzige, aber lebenswichtige Aufgabe bestand darin, auf Hindernisse zu achten.

So gesehen beruhte die Sicherheit des ganzen Schiffes gerade auf vier Augen.

Robert sagte:

„Los, Leute, zurück! Das ist ja kaum auszuhalten!"

Mit Mühe zog er die Tür auf und stolperte in die Veranda. Hier drin kam es einem gespenstisch still vor, nur eine Uhr an der Wand tickte leise.

Er schaute durch ein Fenster.

Dann meinte er (was schon etwas unfair war):

„Toll, Will, das bringt ja richtig viel! Du siehst die Bugspitze, aber dann … nur Dunkelheit ringsum. Und sie haben schon die Beleuchtung auf dem Vorschiff ausgeschaltet, um nicht geblendet zu werden."

Das war Will überhaupt noch nicht aufgefallen.

So hatte er sich das auch nicht vorgestellt.

„Wirklich bescheuert! Du glaubst doch nicht, dass die Matrosen da oben viel mehr erkennen können als wir? Und übrigens: Hast du Ferngläser gesehen? Nein! Die liegen nämlich irgendwo in einem Schrank und niemand kann die Schlüssel finden! Steht in jedem *Titanic*-Buch! Und warum gibt es eigentlich keinen starken Suchscheinwerfer? Der war 1912 längst erfunden und zumindest auf den Marineschiffen schon vorgeschrieben. Die fahren praktisch blind und mit viel Gottvertrauen mitten in ein Eisfeld hinein! So eine Dummheit!"

Oh, er regte sich auf, rot im Gesicht, schwitzend und zornig. Und das trotz der Kälte!

Er rupfte an einer Palme, die anfing, heftig zu wackeln.

Und er hatte nicht ganz unrecht. Es kam nämlich noch eine letzte Eiswarnung per Funk herein.

Um 22.21 Uhr schon hatte der Kapitän der *Californian*, die natürlich viel kleiner als die *Titanic* war, sein Schiff stoppen lassen, weil es ihm einfach zu gefährlich wurde.

Um 22.55 Uhr war sie etwa vierzig Kilometer von der *Titanic* entfernt und meldete, sie sei vom Eis eingeschlossen und könne nur abwarten.

Jack Phillips saß im Funkraum der *Titanic*, war aber so gestresst von den vielen privaten Telegrammen, die er seit Stunden an Land schickte, dass er leicht rüpelhaft zurückfunkte:

„Halt die Klappe! Schluss jetzt, du störst mein Signal an Land!"

Daraufhin reichte es dem Funker der *Californian*, er wollte sich nicht beleidigen lassen und legte sich schlafen. Mal ehrlich – hätten wir da anders reagiert?

Ein Stockwerk höher hatte der 1. Offizier Murdoch, den wir ja schon kennengelernt haben, das

Kommando übernommen. Er starrte wortlos in die Schwärze der Nacht.

Alles war ruhig. Die meisten der Passagiere und Crew-Mitglieder hatten sich, erschöpft von den vielen Eindrücken des Tages, in ihre warmen Betten verkrochen und dick zugedeckt.

Sie konnten nicht ahnen, dass hoch oben auf dem A-Deck drei frierende Jugendliche saßen, die einhundertsechs Jahre älter als sie waren und verzweifelt versuchten, ihr Leben zu retten.

(Mit solch einer Aussage wäre man 1912 übrigens als „geisteskrank" in einer Heilanstalt gelandet; ich konnte die Geschichte ja auch kaum glauben, als wir später in Belfast zusammensaßen und sie mir alles erzählten.)

Jetzt aber hatten sie ein paar umherstehende Korbsessel an die gläserne Doppeltür gerückt und schauten angestrengt nach draußen. Robert machte das Licht an der Decke aus. Nur so konnte man draußen doch überhaupt etwas erkennen!

Seine Augen brauchten Zeit, um sich an die Dunkelheit zu gewöhnen; erst nach und nach fand er sich zurecht. Er stolperte, fluchte laut, weil er sich den Zeh gestoßen hatte, und setzte sich. Will hatte die Hände in den Taschen vergraben und sagte nichts.

Umso mehr waren die beiden Jungen erstaunt, als Vicky im Halbdunklen drei Brötchen, einen

Apfel und eine Banane aus der Tasche ihres Kleides zauberte. Die Sachen hatte sie noch schnell eingesteckt, als sie unten den Aufenthaltsraum verlassen hatten.

„Oha", sagte ihr Bruder, „ich habe gar nicht gemerkt, dass du was zu essen mitgenommen hast."

„Männer!", antwortete sie und gab jedem ein Brötchen. „Vielleicht werdet ihr dann etwas friedlicher."

Und das Obst? Robert nahm sich mit den Worten „Ich mag keine Bananen" den Apfel; Vicky schälte die Banane, brach sie in der Mitte durch und gab Will die eine Hälfte. Und er aß sie – obwohl er auch keine mehligen, trockenen, weichen Bananen mochte.

Aber wie hätte er Vicky etwas abschlagen können?

Das Essen tat wirklich gut.

„Wie sagt mein Vater immer: ohne Mampf kein Kampf", meinte Will mit vollen Backen.

Und Vicky sorgte noch für eine weitere Überraschung: In dem schummrigen Licht sah sie als Einzige, dass auf dem Tischchen ganz rechts ein Fernglas lag, von ein paar Büchern fast verdeckt.

Ein Fernglas! Eigentlich auch logisch, denn tagsüber saßen hier bestimmt oft Passagiere und beobachteten das Meer.

Sie sprang auf, warf ihren Sessel dabei fast um und holte es.

Es war schwer, aus Holz und Metall, etwas altmodisch verschnörkelt ... aber egal! Es funktionierte nach dem gleichen Prinzip wie ein modernes.

Ihr Herz hüpfte vor Freude.

Will hielt die Luft an.

„Genial", sagte er, „das brauchen wir jetzt, das wird uns helfen. Vielleicht hast du gerade tausendfünfhundert Menschen das Leben gerettet."

„Das schickt uns wirklich der Himmel", meinte auch Robert, „wir werden uns damit abwechseln, denn bei der Dunkelheit ist es ziemlich anstrengend für die Augen."

Will ergänzte noch:

„Und vielleicht bringt uns das Fernglas die entscheidenden Sekunden, wenn der Eisberg auftaucht. Damals fehlten nur zwanzig bis dreißig Sekunden. Hätten sie den Eisberg nur eine halbe Minute eher entdeckt, wäre genügend Zeit zum Ausweichen geblieben."

Was die Jungen leider vergaßen: Wenn sie wirklich als Erste den Eisberg sichteten – wie sollte Murdoch das schnell genug auf der Brücke erfahren?

Schließlich gab er die Befehle, in welche Richtung die *Titanic* fuhr!

19 Eisberg voraus!

Um kurz nach elf zog Dunst auf, ein gespenstischer Nebel, der seltsamerweise nur direkt vor der *Titanic* lag, an den Seiten war alles frei.

Wie konnte das sein?

Selbst Robert hatte keine Erklärung dafür.

Die stolze *Titanic* pflügte weiter durch die See, als könne sie nichts und niemand aufhalten.

Robert schnappte sich das altertümliche Fernglas und hielt es vor seine Augen. Mit Daumen und Zeigefinger schraubte er an zwei Rädchen, um klarer sehen zu können.

Auch Will und Vicky starrten angestrengt nach vorne, Vicky kniff ihre Augen etwas zusammen.

„Mmh", meinte Robert, „von dem Fernglas hatte ich mir aber mehr versprochen. Dunkel ist dunkel! Ein modernes Nachtsichtgerät müsste man jetzt haben."

Ein Nachtsichtgerät … so konnte nur Robert denken!

Er suchte den Horizont ab und schwenkte das Fernglas langsam von links nach rechts. Dann wieder zurück. Nichts!

Das Meer war glatt wie Glas, die wenigen Wellen wurden nur durch das Fahrwasser der *Titanic* verursacht.

Nach etwa fünfzehn Minuten setzte er das Fernglas ab und rieb sich die Augen. Sie waren schon ganz rot.

Sein Freund schaute ihn an und sagte:

„Gib her, ich mache weiter."

Es war 23.25 Uhr, wie Vicky mit einem Blick auf die Wanduhr feststellte.

Will konzentrierte sich voll auf seine Aufgabe; jeder von ihnen fühlte, welche Verantwortung sie hier seit einer knappen halben Stunde übernommen hatten.

Denn eines war sicher: Der totbringende Eisberg würde bald in Sicht kommen.

Nach einiger Zeit konnte auch er nicht mehr schauen, ohne ständig zu blinzeln, er reichte Vicky das Fernglas. Sie hielt es vor ihre Augen, sah aber alles total verschwommen.

Vielleicht lag es daran, dass Will eine Brille trug? Sie musste lange an den beiden Rädchen drehen, bis sie die Spitze der *Titanic*, unten das Wasser und hoch oben die Sterne erkennen konnte.

Sie war nervöser als vor jeder Mathearbeit in der Schule.

Schon wollte sie das Fernglas absetzen, um eine kurze Pause zu machen – da sah sie eine große, graue Masse, die durch den Dunst kam, oben mit einer weißen Spitze.

Sie murmelte:

„Da ist was!"

„Wo?", rief ihr Bruder, der das gehört hatte. „Ich sehe nichts!"

„Da, genau vor uns, schau über die Spitze des Bugs!"

„Da ist nichts ... gar nichts, Vicky!"

Doch er irrte sich gewaltig.

Er streckte den Kopf nach vorne, presste die Stirn an die Scheibe, aber wenn es ein Eisberg war, war er einfach noch zu weit weg.

„Schau selbst", antwortete seine Schwester und drückte ihm das Fernglas in die Hand, „ich bin doch nicht blöd!"

Und ohne abzuwarten, öffnete sie die schwere Tür der Veranda und stürzte nach draußen. Sie merkte den Wind und die Kälte gar nicht und machte instinktiv genau das Richtige: Da die Männer auf der Brücke sie natürlich nicht hören konnten, blieb nur die Möglichkeit, die Matrosen Lee und Fleet hoch oben im Mastkorb zu warnen.

„Hallo, da oben!", schrie sie, so laut sie konnte.

Wie wild schwenkte sie beide Arme in der Luft, damit die beiden sie sahen.

Jetzt stürzten auch Will und Robert nach draußen und riefen:

„Eisberg! Eisberg voraus!"

Tatsächlich bemerkte sie einer der Matrosen und drehte sich um.

Er legte seine Hände wie einen Trichter an den Mund und antwortete verwundert:

„Kinder! Was macht ihr denn da? Mitten in der Nacht ... Ist etwas passiert?"

Verzweifelt zeigten sie immer wieder nach vorne und wiederholten ihre Warnung:

„Eisberge! Alarm!"

Aber er verstand sie nicht.

Es spielte auch keine Rolle mehr, denn mittlerweile war der Eisberg so nahegekommen, dass sein Kamerad Frederick Fleet ihn mit bloßem Auge sehen konnte.

Er war riesig, gezackt, bis zur Spitze geschätzte dreißig Meter hoch und viele Tonnen schwer. Er kam wie ein Raubtier, leise und schmutzig grau getarnt, wie aus dem Nichts, als habe er nur auf seine Beute gewartet.

„Meine Güte, was ist das denn?", sagte Fleet fassungslos.

Alarm!

Nach ein paar Schrecksekunden fing er sich, läutete dreimal die große Alarmglocke über sich, nahm dann einen Telefonhörer und rief auf der Brücke an.

„Was siehst du?", fragte der 6. Offizier, James Moody, am anderen Ende der Leitung.

„Eisberg direkt voraus!", brüllte jetzt auch Fleet, so laut er nur konnte.

„Danke", antwortete Moody knapp und legte auf.

Noch während Fleet telefonierte, bemerkte sein erfahrener Kollege im Mastkorb, dass sich das Schiff leicht zu drehen begann.

Offenbar hatten die Offiziere den Eisberg auch gesehen und schon etwas unternommen.

Robert, Will und Vicky waren viel zu aufgeregt, um das zu merken; sie standen immer noch draußen vor der Veranda und starrten auf den Eisklotz, der langsam, aber unaufhaltsam näherkam.

Unbewusst gingen sie ein paar Schritte zurück und drückten sich gegen die Wand.

Robert dachte auf einmal an das nette Gespräch mit dem 1. Offizier zurück.

Sein Gehirn arbeitete auf Hochtouren: Selbst, wenn Murdoch ihnen die Geschichte mit dem seekranken Vater, der den Kapitän warnen wollte, geglaubt hatte – genutzt hatte es bisher wenig.

Und es hätte auch nichts gebracht, ihr Wissen aus der Zukunft zu verwenden und schon eher Alarm auszulösen. Der Eisberg war einfach nicht zu sehen gewesen und niemand hätte ihnen geglaubt.

Die *Titanic* hatte nicht vor dem Eisfeld gestoppt oder war wenigstens langsamer gefahren. Die beiden Matrosen oben im Ausguck traf keine Schuld, sie hatten den Eisberg auch nicht früher sehen können.

Jetzt hing alles davon ab, wie Murdoch oben im Brückenhaus reagierte: Würde er ausweichen? Mit dem Risiko, dabei den Eisberg zu rammen, wie es schon einmal passiert war? Oder würde er tatsächlich frontal auf den Eisberg zusteuern, wie Robert es indirekt vorgeschlagen hatte?

Er biss sich so stark auf die Lippe, dass sie anfing, zu bluten, merkte es aber gar nicht.

Was hätte er dafür gegeben, jetzt ein Stockwerk höher, nämlich auf der Brücke zu sein!

20 Es passiert

Wir, liebe Leser, können das tun, was Robert gerade nicht möglich war – nämlich einen Blick auf die Brücke werfen. Vorne, am großen, runden Ruder stand Robert Hichens und steuerte das riesige Schiff mit fester Hand.

In der Mitte des Raumes stand Murdoch, breitbeinig, selbstbewusst und die Hände hinter dem Rücken verschränkt.

William McMaster Murdoch war ein großer, stattlicher Mann. Seit vierundzwanzig Jahren fuhr er nun schon zur See und hatte in dieser Zeit eine Menge Erfahrungen gesammelt; so schnell konnte ihn nichts aus der Ruhe bringen.

Und da er zu diesem Zeitpunkt der dienstälteste Offizier der Brückenwache war, hatte er die volle Befehlsgewalt, solange Kapitän Smith nicht anwesend war.

Der Kapitän hatte sich schon vor einiger Zeit in seine Kammer zurückgezogen und schlief tief und fest, nicht ahnend, welches Unglück sich gerade anbahnte.

Noch bevor Moody den Telefonhörer eingehängt hatte und seinem Vorgesetzten die Meldung aus dem Mastkorb weitergeben konnte, hatte Murdoch den Eisberg selbst gesehen.

Er brauchte genau drei Sekunden, um zu reagieren. Das erscheint lang, wenn man bedenkt, dass in dieser Situation wirklich jede Sekunde zählte – aber er musste ja erst einmal eine Entscheidung treffen, wie die *Titanic* nun fahren sollte!

Sein erster Befehl war eindeutig:

„Alle Maschinen sofort stopp!"

Der Befehl wurde sofort nach unten in den Maschinenraum weitergegeben, aber da ein Schiff keine Bremsen hat, fuhr es zunächst einmal genauso schnell weiter.

Dann sagte Murdoch:

„Schnell hart steuerbord!"

Hichens bestätigte:

„Hart steuerbord, Sir!"

Er drehte wie wild am Ruder – nach steuerbord, also nach rechts. Die *Titanic* aber schwenkte im Zeitlupentempo, unendlich langsam, nach links!

Nun wirst du dich vielleicht fragen: Hallo? Wie konnte das sein? War das Ruder beschädigt?

Nein, die Lösung ist ganz einfach: Ein Ruder funktioniert im Wasser immer seitenverkehrt, sofern es nicht eine moderne Umkehranlage an Bord gibt. Murdoch wusste genau, was er da machte, er wollte nach links abdrehen und so dem Eisberg ausweichen.

Als dritte Maßnahme legte er den Schalter um, der dafür sorgte, dass unter Deck die sechzehn schweren Stahltüren herunterfuhren und so das Schiff in viele kleinere Abteilungen aufteilte – nur zur Vorsicht, falls irgendwo Wasser eindringen sollte.

Ahnte dieser erfahrene Seemann, dass er den Zusammenstoß nicht mehr verhindern konnte?

Das riesige Schiff trieb unaufhaltsam auf den Eisberg zu, wie auf eine Wand, die immer größer wurde.

Das Entsetzen stand den Männern auf der Brücke ins Gesicht geschrieben.

Hichens redete schon mit der *Titanic* selbst, als wäre sie ein Mensch:

„Komm, Lady, zeig, was du kannst! Lass uns jetzt nicht im Stich!"

Murdoch versuchte ein letztes Manöver: Nachdem er den Bug weggedreht hatte, befahl er Hichens, nun wieder auf den Eisberg zuzuhalten. Dadurch wollte er den hinteren Teil des Schiffes, der sich dem Eisklotz gefährlich genähert hatte, aus der Gefahrenzone bringen.

Eigentlich lehrbuchmäßig gut gemacht! Auch heute noch versuchen Kapitäne und Offiziere, ein Hindernis im Zickzack zu umfahren.

Nun blieb ihnen nichts anderes mehr übrig, als zu warten und zu beten, dass sie es ganz knapp schaffen würden.

Wenige Sekunden später wussten sie, dass es nicht gereicht hatte: Die *Titanic* schrammte mit der rechten, vorderen Seite heftig an der Eiskante entlang.

Das Geräusch, das dabei entstand, war gar nicht so laut. Es krachte nicht, wie man es sich vielleicht vorstellt, wenn zwei schwere Körper gegeneinanderprallen; es war mehr ein langgezogenes, leises Quietschen, als würde die *Titanic* schmerzhaft aufjaulen.

Von oben stürzten Tonnen von splitterndem Eis auf die Decks. Unter Wasser rissen Stahlplatten auseinander, als seien sie aus Pappe; eiskalte Wassermassen gurgelten in den Bauch der *Titanic*.

Was merkten eigentlich die Passagiere davon?

In den Bars und Restaurants erzitterten die Gläser, in den Küchen klirrte kurz das Geschirr, in den Sälen schwankten die Kronleuchter ... Da die meisten aber schliefen und ihre Matratzen höchstens ein bisschen wackelten, bekamen sie davon gar nichts mit.

Schließlich war man ja nicht an Land, sondern auf hoher See!

In der großen Backstube der *Titanic* wurden um diese Zeit übrigens schon die Brötchen für den nächsten Morgen geformt.

Die Bäcker schauten verwundert auf, als plötzlich mehrere Bleche mit frischen Brötchen krachend auf den Boden donnerten, arbeiteten dann aber einfach weiter.

In der 2. Klasse wurde ein kleines Mädchen wach, als seine Mutter aus dem Schlaf aufschreckte. Die Mutter hatte nicht schlecht geträumt und war auch nicht durch laute Geräusche wach geworden – nein, es war die Stille, diese Totenstille! Das leise, beruhigende Summen der Maschinen fehlte.

(Ich frage mich gerade: Kann man durch Stille geweckt werden?)

Und wenn du jetzt ein Bild malen wolltest, müsste das wohl so aussehen:

Das Schiff hatte angehalten, völlig ruhig lag es auf dem Wasser, hell erleuchtet von den vielen Lampen. Es war windstill, die Sterne funkelten am Himmel und irgendwo spielte jemand auf einer Mundharmonika.

Schauderhaft schön.

Hoch oben auf der Brücke ließ sich Murdoch erschöpft auf einen Stuhl fallen.

Damit hatten sie nicht gerechnet und nun war es doch passiert.

Wenige Meter unter ihm standen unsere drei Freunde noch immer auf dem Außendeck.

Vicky klammerte sich so sehr an Will, dass ihre Fingerknöchel weiß wurden; er selbst konnte es auch kaum fassen.

Robert war kreidebleich. Er starrte auf die Eisklötze, die meterhoch auf der rechten Seite lagen.

Zu allem Überfluss wankte jetzt auch noch ein Mann in einem schwarzen Anzug über das Vorschiff.

Er hatte viel zu viel getrunken, blieb vor dem abgebrochenen Eis stehen und rief verwundert:

„Meine Herren, wofür haben die denn so viel Eis geladen?"

Man hätte lachen können, wenn es nicht so ernst gewesen wäre.

Robert schnürte es die Kehle zu.

21 Mitternacht … Maschinen gestoppt!

Kapitän Smith stürzte auf die Brücke, er war sofort hellwach. Ein alter Seemann schläft irgendwie immer nur mit einem Ohr, das andere ist auf „Empfang" gestellt.

„Was ist passiert?", fragte er.

„Wir haben einen Eisberg gerammt, Sir, es war nicht mehr zu verhindern", antwortete Murdoch, „ich habe alles versucht."

Smith wurde blass.

„Kommen Sie!"

Er nahm seine goldumrandete Mütze und lief los.

Murdoch folgte ihm.

Sie gingen ein Stück zurück, dann die Treppe runter auf das A-Deck, wo Smith wie immer den Fahrstuhl benutzen wollte, um möglichst schnell nach unten zu kommen.

Murdoch aber sagte warnend:

„Käpt'n, besser nicht! Das Stromnetz scheint nicht beschädigt zu sein, aber wenn wir Pech haben, bleibt der Fahrstuhl mittendrin stecken."

„In Ordnung", murmelte dieser in Gedanken versunken und sie nahmen die große Treppe.

B-Deck, dann das C-Deck … Hier kam ihnen der Schiffsarchitekt Thomas Andrews entgegen, der sich in seiner Kabine gerade hinlegen wollte, dann aber gemerkt hatte, wie unnatürlich ruhig es im ganzen Schiff war. Stockwerk für Stockwerk, immer weiter hinunter ging es in den Bauch der *Titanic*. Unterwegs klärte ihn Murdoch hastig über den Stand der Dinge auf.

Andrews sagte:

„Mein Gott! Das kann doch nicht sein! Wir müssen unbedingt feststellen, wie groß der Schaden ist!"

Sehr weit kamen sie allerdings nicht mehr, genauer: bis zum Squash-Feld auf dem G-Deck. Hier stand das Wasser schon einen halben Meter hoch, Schläger, Bälle und viele andere Sachen schwammen im Wasser herum. Der Weg war versperrt. Also wieder eine Etage nach oben und von dort aus weiter nach vorne!

Schließlich standen sie im Kesselraum 5.

Hier unten war es schmutzig und unglaublich heiß, obwohl man die Öfen schon alle geschlossen hatte und niemand mehr Kohlen hineinschaufelte.

Es war schon sehr ungewöhnlich, den Kapitän, seinen 1. Offizier und den Architekten des Schiffes hier zu sehen.

Die verschwitzten und verdreckten Heizer standen verlegen herum, aber Smith achtete nicht auf sie. Frederick Barrett, der Chefheizer, nickte zum Gruß. Er wirkte erschöpft und wischte sich mit einem öligen Lappen über die Stirn.

Kapitän Smith sagte:

„Ich brauche einen zuverlässigen Mann, der nach vorne in Kesselraum 6 geht und Bericht erstattet, ob dort Wasser eindringt!"

„Ich gehe selbst, Sir", sagte Barrett nur und stolperte los, sein Gehilfe hinter ihm her.

Und so konnten die „feinen Herren" von der Brücke nichts anderes tun, als zu warten – hier unten, wo das Herz der *Titanic* schlug.

Jetzt aber war es still.

Barrett nahm eine von den neuen elektrischen Taschenlampen und kletterte durch eine schmale Tür in Kesselraum 6, sein Gehilfe folgte ihm.

Auf der anderen Seite war eine Leiter angebracht, die sie drei Meter nach unten stiegen. Dann war Schluss, denn unter ihnen schoss das Wasser wie ein reißender Strom durch ein großes Loch. Die dicken Metallwände waren aufgerissen, der Eisberg hatte sie spielend leicht eingedrückt.

So etwas hatten die beiden auch noch nicht gesehen.

Es war nur gut, dass all die Männer, die hier vor Kurzem noch an den Öfen gearbeitet hatten, in Sicherheit waren. Jedenfalls im Moment noch …

„Jesus, Maria und Josef!", entfuhr es Barrett, als er kurz umherleuchtete.

Hier war nichts mehr zu machen, das Wasser schwappte schon an seine Schuhe und stieg weiter.

„Schnell zurück!", sagte er zu seinem Gehilfen und sie kletterten hastig die rutschigen Sprossen nach oben.

Als sie wieder im Kesselraum 5 waren, schloss Barrett mit letzter Kraft die schwere, wasserdichte Tür.

„Sir", sagte er, „die Tür muss geschlossen bleiben. Nummer 6 steht bald komplett unter Wasser. Keine Chance mehr."

Smith nickte und wandte sich an Andrews, den Schiffskonstrukteur:

„Gut, die Schotten dürften halten. Aber wo kommt das Wasser her, das hier gerade reinläuft? Hier ist doch kein Leck!"

Andrews blickte sich sorgfältig um, nahm sich dann ebenfalls eine Lampe und leuchtete alles ab.

Barrett zeigte mit seiner Lampe nach oben, er hatte einen bösen Verdacht:

„Sir, in Kesselraum 6 kommt das Wasser von unten oder von der Seite – hier aber von oben!"

Und tatsächlich liefen schon kleine Bäche von der Decke.

„Könnte es sein, dass die senkrechten Schotts zwar halten, die Decken aber undicht sind?", überlegte er.

Andrews antwortete:

„Das wissen wir nicht, aber eine andere Erklärung habe ich auch nicht. Es ist nicht zu fassen!

Wir haben niemals damit gerechnet, dass ein Eisberg so einen Schaden anrichten könnte. Die Löcher sind nicht groß, aber es dürften mehrere sein – und das in so vielen Abteilungen! Verdammt!"

Jetzt mischte sich auch Murdoch ein:

„Haben wir genügend Pumpen an Bord?"

„Nun ja", meinte Barrett, nahm einen Bleistift und ein Stück Papier aus seiner Hosentasche und fing an, etliche Zahlen untereinanderzuschreiben. „Wenn wir alle Pumpen anwerfen, werden wir diesen Raum noch einige Zeit wasserfrei halten können. Immerhin schaffen sie vierhundert Tonnen Wasser pro Stunde."

Was er nicht wissen konnte: Mehr als zwanzigtausend Tonnen Wasser drangen jede Stunde in das Schiff ein. Da konnte man sich schnell selbst ausrechnen, dass die Pumpen der *Titanic* nicht wirklich etwas auszurichten vermochten und auch dieser Raum bald überflutet sein würde.

„Fangen Sie sofort an!", befahl Murdoch. „Und lassen Sie die Zimmerleute kommen. Sie sollen die Decke so gut wie möglich abdichten!"

Kapitän Smith schaute auf seine Taschenuhr. Genau Mitternacht.

Er sagte:

„Wir sind auf der Brücke, halten Sie uns telefonisch ständig auf dem Laufenden."

Dann nickte er Murdoch und Andrews zu und sie gingen zurück nach oben, bemüht, ihre Eile nicht sichtbar werden zu lassen – besonders, als ihnen eine junge Frau entgegenkam. Sie war vollständig angezogen, trug einen Mantel und einen Schal und hielt einen kleinen Jungen an der Hand, der sie verstört ansah.

Sie sagte:

„Herr Kapitän, Entschuldigung, ist irgendwas passiert? Ich habe etwas gespürt!"

„Nein, es ist nichts", antwortete er mit tiefer Stimme, „wir fahren gleich weiter. Am besten ist, Sie gehen einfach wieder in Ihre Kabine und legen sich schlafen."

Sie nickte, drehte sich um und verschwand. Der kleine Junge aber wehrte sich mit Händen und Füßen, er wollte nicht.

Spürte er die Gefahr, die in der Luft lag?

Seine Mutter ließ sich durch die Worte des Kapitäns beruhigen – er nicht.

22 Wasser ist ein starker Feind

Wenige Minuten später besprach Kapitän Smith sich mit dem Schiffsarchitekten Thomas Andrews und seinen Offizieren Murdoch und Lightoller.

Auch der Direktor der Reederei, Bruce Ismay, war in den kleinen Raum hinter der Brücke geeilt.

Hektisch räumte Andrews ein paar Sachen vom Tisch und rollte eine meterlange Karte aus, auf der alle Räume des Schiffes eingezeichnet waren, bis hin zur kleinsten Abstellkammer.

„Das Wasser", sagte er nervös, „stand schon nach zehn Minuten über vier Meter hoch. Und zwar im Vorschiff, den drei Frachträumen dahinter und jetzt ist auch Kesselraum 6 geflutet."

Murdoch dagegen wirkte so ruhig wie immer:

„Kesselraum 5 wird wahrscheinlich auch nicht zu halten sein. Das haben wir ja gerade unten gesehen."

„Also sechs Abteilungen", betonte Andrews.

Er schaute ihn an, sekundenlang und sehr ernst. Sie beide, der Schiffsarchitekt und der 1. Offizier, wussten sehr genau, was das bedeutete.

Jetzt mischte sich Bruce Ismay ein:

„Machen Sie doch nicht solch ein Drama aus den paar Schrammen. Wann, verdammt noch mal, können wir weiterfahren?"

Murdoch stand hinter ihm und schüttelte den Kopf. So etwas! Okay, er war „nur" Geschäftsmann, aber offensichtlich hatte er den Ernst der Lage gar nicht begriffen.

„Sir", sagte Andrews betont ruhig, „wenn fünf Abteilungen volllaufen, hält sich das Schiff noch über Wasser. Aber nicht bei sechs. Nicht sechs!"

Er tippte mit dem rechten Zeigefinger heftig auf die Zeichnung vor ihm.

„Schauen Sie!"

Die übrigen vier Männer traten noch näher und starrten auf den Tisch.

„Wenn der Bug weiter absinkt, dann läuft das Wasser über die Schottwände von einer Abteilung in die nächste, immer weiter und weiter. Es ist nicht aufzuhalten."

Smith fragte:

„Und die Pumpen?"

„Wir gewinnen ein paar Minuten, mehr nicht. Ab jetzt ist es völlig egal, was wir tun – die *Titanic* wird sinken."

Schweigen im Raum.

Was sollte man auch sagen, wenn selbst der Konstrukteur des Schiffes keinen Ausweg mehr sah?

Nur der Direktor war nicht zu überzeugen.

„Aber dieses Schiff kann nicht untergehen!"

„Bei allem Respekt", antwortete Andrews ihm, „die *Titanic* gehorcht den gleichen physikalischen

Gesetzen wie jedes andere Schiff auch. Sie wird untergehen. Das ist reine Physik."

Unsere drei Abenteurer standen derweil wie versteinert hinter der dicken Glasscheibe auf der Veranda.

Alle Filme und Bücher, ja selbst die Computerdarstellungen im *Titanic*-Museum hatten nicht wiedergeben können, was gerade passiert war.

Robert sprach wie so oft mit sich selbst:

„Alles umsonst! Wir haben nichts erreicht. Murdoch hat genau den Befehl gegeben, der in jedem Geschichtsbuch steht. Er muss doch gewusst haben, dass nur ein direkter Zusammenstoß die *Titanic* gerettet hätte, so seltsam das auch klingt. Dann wären halt zwei Kammern vollgelaufen und gut."

William konnte es nicht fassen: Sein Freund gab sich offenbar persönlich die Schuld!

„Rob, da konntest du doch nichts machen! Stell dir mal vor, jemand rast mit einem Auto auf einen Baum zu: Er wird auch immer versuchen, noch daran vorbeizukommen, anstatt bewusst gegen den Baum zu knallen, weil die Airbags ja so toll sind."

„Und dass Vicky das Fernglas gefunden hat? Das hat auch nichts gebracht."

Er blieb untröstlich, Will wusste auch nicht mehr, was er noch erwidern sollte.

Was konnten sie jetzt noch tun?

Während die beiden Jungen miteinander sprachen, bahnte sich eine neue Katastrophe an.

Du ahnst nicht, welche!

Als Vicky sich fröstelnd die Ärmel ihres Kleides nach unten ziehen wollte, wurde ihr schlagartig anders – ihr Armband war weg! Verdammt!

Sie beugte sich hinunter, konnte es aber nirgendwo entdecken. Dann krabbelte sie unter einen Tisch und robbte immer weiter. Mit beiden Händen wischte sie links und rechts über die schwarzweißen Kacheln; gerade war sie unter einer Palme verschwunden, nur ihre Füße waren noch zu sehen.

Will bemerkte ihr seltsames Verhalten erst jetzt.

„Vicky, was machst du denn da?", fragte er. „Was soll das?"

Sie stand auf und stieß sich dabei heftig den Kopf an einem Pflanzenkübel.

„Aua! Ich habe mein Armband verloren …"

„Was? Wie konnte das denn passieren? – Robert, hör mal, wir haben ein neues Problem!"

Und der war sofort hellwach.

Auf einen Schlag waren seine Grübeleien beendet:

„Vicky, das kann jetzt nicht sein. Ich habe euch gesagt, dass ihr höllisch auf die Bänder aufpassen müsst. Sie sind die einzige Möglichkeit, in unsere

Zeit zurückzukehren! Willst du mit der *Titanic* untergehen?"

„Ich weiß", antwortete Vicky und hatte Tränen in den Augen, „die ganze Aufregung gerade ... es muss hier aber irgendwo liegen!"

„Trotzdem, das durfte nicht passieren!"

„Hey, jetzt hör mal auf, rumzumotzen", nahm Will seine Freundin in Schutz, „dadurch finden wir es auch nicht wieder."

„Bist du dir ganz sicher, dass du es nicht draußen verloren hast?", fragte ihr Bruder.

„Hundert pro", sagte Vicky, „als wir von draußen wieder reingekommen sind, hatte ich es noch. Da ist mir das Leuchten nämlich ganz besonders aufgefallen."

Will ging planmäßig vor:

„Am besten ist, wir fangen hier vorne bei den Fenstern an und arbeiten uns dann bis nach hinten durch. Ich gehe nach links, Robert, du bleibst in der Mitte, Vicky, fang du in der rechten Ecke an!"

Und so machten sie es.

Ihr großes Glück war, dass die Steine in der dunklen Veranda wirklich in allen Farben leuchteten.

Genau zwei Minuten und dreiundfünfzig Sekunden später stand Vicky auf und rief:

„Ich habe es!"

Alle waren sehr erleichtert, besonders Robert. Er hatte sich doch schon heute Nachmittag, als sie in der Abstellkammer gelandet waren, geschworen, alle wieder heil nach Hause zu bringen.

Nur: Wie hätte er das machen sollen, wenn ein Armband fehlte?

Er holte tief Luft und sagte dann:

„Okay! Wisst ihr eigentlich, wie gefährlich das gerade war? Ich glaube nicht, dass die Energie eines Armbandes ausreicht, um zwei Leute zurück durch das Wurmloch zu befördern. Und dann hätte einer von uns hierbleiben müssen."

„Ich hätte Vicky mein Armband gegeben", sagte Will, ohne zu zögern.

Das war lieb!

Vicky ging auf ihn zu und gab ihm wortlos einen Kuss.

23 Alles geht schief

Um Mitternacht, also zwanzig Minuten nach der Kollision, neigte sich die *Titanic* schon merklich nach vorne. Sie hatte schon große Mengen Wasser im Bauch und jede Sekunde füllte sich der Stahlriese weiter.

Aber wer das (abgesehen von den Seeleuten, denen wir eben über die Schulter geschaut haben) überhaupt bemerkte, machte sich keine Sorgen. Dann lag das Schiff eben etwas schräg ...

Und so ging wertvolle Zeit verloren.

„Los", sagte Will, „sehen wir zu, dass wir nach unten kommen! Vielleicht können wir uns da nützlich machen!"

Und so rannten sie aus der Veranda, die Gott sei Dank noch nicht abgeschlossen war.

Dann die große Treppe hinunter.

Schließlich erreichten sie das oberste Passagierdeck.

Hier war die Hektik noch gar nicht so groß, weil die meisten Passagiere noch friedlich schlafend in ihren Betten lagen.

Allerdings sah Vicky mehrere Stewards, die laut an die Kabinentüren der 1. Klasse klopften und die Passagiere weckten.

„Bitte ziehen Sie sich an, nehmen Ihre Schwimmweste und kommen auf das Bootsdeck!"

An jeder Tür riefen sie immer wieder diesen Satz.

„Die sagen absichtlich nichts Genaues", vermutete Will, „um eine Panik zu vermeiden."

Und so war es auch. Viele der vornehmen Damen und Herren empfanden es übrigens als Unverschämtheit, mitten in der Nacht für eine harmlose Übung, wie sie glaubten, geweckt zu werden. Und nun sollten sie auch noch nach draußen, wo es wirklich eiskalt war! Dementsprechend ließen sich etliche absichtlich viel Zeit.

Das war ein tödlicher Fehler.

Robert schaute aus einem Fenster. Er konnte, wenn er den Kopf in den Nacken legte, das Bootsdeck sehen. Dort waren mehrere Matrosen damit beschäftigt, die Planen von den Rettungsbooten zu ziehen und die ersten Boote ein Stückchen hinunterzulassen.

Das erschreckte und beruhigte ihn zugleich. Endlich wurde etwas getan, um die Menschen zu retten! Freilich wusste er sehr genau, dass sie viel zu wenige Rettungsboote an Bord hatten und der Platz niemals für alle reichen würde.

Will hatte die Zahlen im Kopf:

Anzahl der Plätze in den Rettungsbooten: 1.178
Anzahl der Menschen an Bord: 2.224
Wie sollte das funktionieren?

Und obwohl es so aussichtslos erschien, ließ er sich nicht entmutigen:

„Wir dürfen nicht vergessen, dass die Überlebenschancen gerade sehr davon abhängen, in welcher Klasse man reist. Die Leute aus der 1. und 2. Klasse werden gerade geweckt und finden schon einen Ausgang, um hier überhaupt rauszukommen. Aber um die vielen Menschen in der 3. Klasse kümmert sich niemand. Die sind eingeschlossen und keiner warnt sie, dass die *Titanic* sinkt."

„Alles klar", antwortete sein Freund, „also versuchen wir, bis runter zum F- oder G-Deck zu kommen. Dort können wir bestimmt helfen."

Er war wieder ganz der Alte und dachte dabei natürlich auch an Mariella …

Er hatte sich doch fest vorgenommen, sie zu retten!

Und so liefen sie los, über Treppen und durch Gänge und an Kabinen vorbei. Einmal kletterten sie sogar eine Leiter hinunter, die bestimmt nicht für Passagiere gedacht war. Vicky hatte ihre Schuhe mittlerweile ausgezogen und ging in Socken, weil ihr die Füße wehtaten.

„Verlier die bloß nicht", sagte warnend ihr Bruder, der die Geschichte mit dem Armband noch im Hinterkopf hatte. „Draußen kannst du dich barfuß ganz schnell verletzen und das fehlt uns jetzt gerade auch noch!"

Sie verdrehte die Augen. Manchmal konnten große Brüder schon gewaltig nerven.

Was machte der Kapitän, was machten Murdoch und seine Kollegen inzwischen?

Um 0.25 Uhr befahl Kapitän Smith, den ersten Notruf per Funk abzusetzen:

> *„Haben einen Eisberg gerammt. 41 Grad 45 Nord, 50 Grad 14 West. Sinken schnell. Brauchen sofort Hilfe."*

Warum bloß hatte es fünfundvierzig Minuten seit der Kollision mit dem Eisberg gedauert, bis man sich auf der stolzen *Titanic* dazu durchringen konnte, jemanden um Hilfe zu bitten?

Jedenfalls wurde der Notruf, den die beiden jungen Funker Phillips und Bride sechsmal hintereinander sendeten, von vielen Schiffen gehört.

Sehr schnell meldete sich die *RMS Carpathia*, ihr Funker fragte zurück:

„Soll ich das meinem Kapitän sagen? Braucht ihr wirklich Hilfe?"

Phillips antwortete:

„Ja, kommt schnell."

Das Problem war nur, dass die *Carpathia* fünfzig Meilen entfernt war und es vier Stunden dauern würde, bis sie die *Titanic* erreichte. Aber ihr Kapitän, Arthur Rostron, tat alles, was in seiner Macht stand: Obwohl die *Carpathia* nur für eine Höchstgeschwindigkeit von 14,5 Knoten gebaut war, holte er alles aus seinem Schiff heraus.

Ja, er ließ sogar die Heizungen ausschalten, damit die ganze Kraft für die Maschinen zur Verfügung stand! Mit 17,5 Knoten hielt er auf die Unglücksstelle zu – mitten ins Eisfeld.

Rostron wusste sehr wohl, was er da riskierte, schließlich hatte er selbst über siebenhundert Passagiere an Bord. Darum schickte er Männer an alle Seiten, die Ausschau halten sollten; vorsorglich wies er seine Bordärzte an, sich auf eventuelle Opfer vorzubereiten.

Außerdem ließ er die Kabinen seiner Mannschaft räumen und alle warmen Decken einsammeln, die man nur finden konnte.

Da konnte man nur sagen: Respekt, ein guter Mann!

Viel näher am Geschehen, nämlich nur zwanzig Meilen entfernt, war der Frachter *Californian*.

Das war leider genau das Schiff, mit dem die Funker der *Titanic* schon kurz vor elf eine kleinere Auseinandersetzung gehabt hatten, wie wir ja schon wissen.

Am Ende des Streits hatte der Funker der *Californian* beleidigt abgeschaltet und sich ins Bett gelegt. – So eine dumme Geschichte, jetzt war er nicht zu erreichen!

Und es gab sogar schon Sichtkontakt, schließlich brannten auf der *Titanic* hunderte von Lampen. Auch die *Californian* war durch ihre hellen Positionslichter gut zu erkennen.

Deshalb versuchten die Matrosen der *Titanic*, mit Leuchtraketen auf sich aufmerksam zu machen.

Unsere drei Freunde merkten nichts davon so tief unten im Schiff. Vicky hätte sich bestimmt erschrocken, weil die Raketen so laut knallten und die Umgebung in ein grellweißes Magnesiumlicht tauchten; Will hätte einen mittleren Wutanfall bekommen, weil sie *weiß* waren.

Seenotraketen sollten aber auch damals schon rot sein, obwohl es noch nicht vorgeschrieben war.

Und so hielt der Kapitän der *Californian* das Ganze für ein lustiges Feuerwerk zur Unterhaltung der Passagiere.

Was konnte eigentlich noch alles schiefgehen?

24 Lasst die Menschen raus!

R obert, Will und Vicky rannten nach unten, so schnell sie nur konnten.

Den nächsten großen Schreck bekamen sie auf dem E-Deck: Hier stand das Wasser schon kniehoch in den Fluren und man konnte förmlich zusehen, wie es stieg.

Vicky zog ihre Turnschuhe wieder an, weil man an einigen Stellen den Boden nicht mehr sehen konnte und sie dort nicht in Socken gehen wollte. Nasse Füße hatte sie sowieso.

Robert wurde langsamer und horchte.

Es war unheimlich.

Kein Mensch war zu sehen, keine Stimme zu hören. Nur gurgelndes Wasser, ächzende Stahlwände und ein Wimmern, als würde die *Titanic* weinen.

An einer Kabinentür hielt er an.

„Habt ihr das auch gehört? Da ist doch noch jemand drin, da ruft doch jemand um Hilfe!"

Die anderen hatten aber nichts bemerkt und schüttelten die Köpfe.

„Pass auf", warnte ihn Will, „wenn du die Tür aufmachst, kann es sein, dass dir ein riesiger Wasserschwall entgegenkommt. Wir wissen nicht, wie hoch das Wasser auf der anderen Seite steht."

„Okay, geht von der Tür weg, ich stelle mich seitlich und öffne sie nur einen kleinen Spalt!"

Genau so machte er es, aber nichts weiter passierte – und es war auch kein Mensch in der Kabine.

Trotzdem war der Wasserstand hier deutlich höher als auf dem Flur. Die Ursache sahen sie sofort: Das Waschbecken glich einem Springbrunnen, offenbar drückte das Meerwasser schon in die Leitungen des Schiffes.

Als Wissenschaftler fand Robert das interessant, in diesem Moment gefiel es ihm aber ganz und gar nicht.

Konnte das den Hilferuf verursacht haben, den er eben gehört hatte?

Oder hatte er sich das nur eingebildet und sah langsam Gespenster?

Hastig sagte er:

„Los, weiter! Wir müssen den Leuten helfen, die noch unten im Schiff sind!"

Eine Treppe runter, und sie standen auf dem F-Deck. Hier waren sie ja schon mal gewesen, du erinnerst dich?

Auf diesem Deck befanden sich das Schwimmbad, das prächtige türkische Bad und der große Speiseraum der 3. Klasse, in dem sie Luigi und Mariella kennengelernt hatten. Und hier waren auch viele Passagiere der 3. Klasse untergebracht. Nur … wie sollte man den verdammten Übergang zur 3. Klasse bloß wiederfinden?

Alles war so unübersichtlich: Der Flur war geschätzte zweihundert Meter lang und überall waren Türen und Abzweigungen.

Vicky schaute umher, ob nicht irgendwo ein Lageplan oder ein Hinweisschild hing – nichts! Sie wusste, dass sie weiter nach hinten gehen mussten, aber wo war „hinten"?

Will hatte eine Idee:

„Der Boden ist so schräg, weil die *Titanic* schon tief mit der Nase im Wasser liegt. Deshalb müssen wir einfach bergauf gehen. Da ist logischerweise hinten!"

Robert fand den Begriff irgendwie unpassend. Bergauf … sie waren doch mitten auf dem Meer!

Was war nur mit unserem kühlen Wissenschaftler los? Lag es an Mariella, die ihm nicht mehr aus dem Kopf ging?

Abgesehen von der Schräge konnte man hier unten wirklich Angst bekommen.

Das Wasser stand inzwischen überall in den Gängen, es lief von den Wänden und den Decken. Auf der linken Seite war eine Treppe, von der das Wasser wie bei einem Wasserfall herabstürzte. Mehrere braune Koffer, die vor den Türen abgestellt waren, fingen an, wie Inseln im Wasser zu schwimmen.

Gott sei Dank brannte überall Licht, aber manchmal zischte und flackerte es etwas.

„Wir müssen uns beeilen", sagte Robert leise zu seinem Freund. „Was machen wir, wenn das Stromnetz versagt und das Licht ausgeht?"

„Hör bloß auf, dann kannst du alles vergessen. Wir haben noch nicht mal eine Taschenlampe oder ein Feuerzeug dabei. Im Stockdunklen finden wir hier nie wieder raus!"

„Lass uns Vicky nichts davon sagen, die hat schon Angst genug!"

„Ich auch", antwortete Will mit rauer Stimme und schluckte.

Nun konnte es bis zur 3. Klasse nicht mehr weit sein, sie mussten nur dem Lärm folgen, der jetzt unüberhörbar durch das Schiff hallte. Denn eines war klar: Dass etwas nicht stimmte, hatten die Menschen hier unten schon längst gemerkt.

Zwar schrillten keine Alarmglocken und es gab auch keine Lautsprecherdurchsagen wie auf modernen Schiffen – aber schon um 23.50 Uhr, also nur zehn Minuten nach dem Unglück, hatten sich auf den Teppichen verdächtige, nasse Stellen gebildet.

Außerdem war das ohrenbetäubende Pfeifen, das die Maschinisten verursacht hatten, auch hier unten zu hören gewesen. Sie hatten nämlich so schnell wie möglich den enormen Dampfdruck aus den Kesseln gelassen, um eine Explosion zu verhindern.

Endlich hatten die drei Freunde die 3. Klasse erreicht, besser gesagt: Sie wurden durch ein stabiles, zweigeteiltes Gitter davon abgehalten, den Bereich überhaupt zu betreten.

Sie wären aber auch keine fünf Meter weit gekommen, denn was sie nun sahen, war unfassbar: Dahinter drängelten sich dutzende Menschen! Sie waren eingesperrt!

Familien standen dicht gedrängt beieinander, einige Mütter hatten ihre Kinder auf dem Arm; die Älteren warteten geduldig, dass jemand von der Besatzung kam, um ihnen zu helfen.

Mehrere jüngere Männer jedoch schrien herum und schlugen gegen die Gitterstäbe. Kein Wunder, dass sie so aggressiv waren, denn die Menschen, die weiter hinten standen, drückten immer heftiger und es gab keine Möglichkeit, dem zu entkommen.

Sie waren gefangen wie Ratten in einem Käfig.

William, der wie immer schnell reagierte, brauchte zwar auch einen Moment, um sich zu fassen, legte dann aber los:

„Leute, geht ein Stückchen zurück, mein Freund hier wird das Gitter öffnen und dann könnt ihr alle raus!" Und zu Robert: „Nimm dein Taschenmesser, mach schon! Und knack endlich dieses blöde Schloss!"

R obert kniete sich hin, klappte verschiedene Werkzeuge heraus und machte sich am Schloss zu schaffen. Er fluchte leise, weil er immer wieder abrutschte.

Er brauchte Ruhe dafür!

Und die hatte er gerade gar nicht, denn mehrere Leute rüttelten schon wieder am Gitter.

Einen Augenblick lang überlegte Will, ob er ihnen sagen sollte, wie schlimm es um die *Titanic* stand und dass hier schon bald alles überflutet sein würde. Dann aber entschied er sich, nichts zu sagen. Das war klug, denn es war sehr wichtig, jetzt eine Panik zu vermeiden.

Wenn Menschen in eine solche Situation geraten, reagieren sie oft unberechenbar und völlig kopflos.

„Vicky, Robert", sagte er vielmehr, „wenn die Tür aufgeht, drückt euch eng an die rechte Wand und bleibt zusammen, sonst reißt uns die Menge mit! Da kommen wir nicht gegen an! Habt ihr verstanden?"

Beide nickten nur; Vicky hatte Angst in den Augen, Robert lief der Schweiß von der Stirn.

Endlich hatte er das Schloss geöffnet und die beiden Gittertüren flogen auf. Und wie William befürchtet hatte, strömten ihnen die Menschen mit

Macht entgegen. Die drei blieben eng an der Wand stehen.

Gerettet waren die Leute aber noch lange nicht, es war eine Frage des Glücks, vielleicht auch des Schicksals, ob sie es bis zu den Rettungsbooten auf dem obersten Deck schafften.

Sie stürmten die Treppen hinauf, Sessel fielen um, die Palmen in den schweren Kübeln wurden umgerissen und Kinder stolperten und fingen an zu weinen.

Ein unglaubliches Chaos!

Will reckte sich und entdeckte weiter hinten, bisher verdeckt durch die vielen Leute, einen zweiten Gang, der ebenfalls mit Gittern zugesperrt war; das Schloss war hier noch zusätzlich mit einer dicken Kette gesichert.

Man kann doch nicht alle Ausgänge versperren, dachte er empört, *wir sind doch hier auf einem Schiff! Das müsste den Fachleuten auch 1912 schon in den Sinn gekommen sein!*

Er wurde immer wütender, denn hinter der Absperrung standen viele weitere Menschen aus der 3. Klasse, die nach oben wollten.

Und kein Offizier, kein Steward kümmerte sich um sie. Nein, die waren bei den feinen Herrschaften in der 1. Klasse!

Hier bedeutete Armut auch Unglück und vielleicht den Tod.

Einige Männer versuchten auch hier, das Hindernis mit Gewalt zu beseitigen, indem sie mit den Füßen gegen die Gitter traten. Einzelne Stäbe waren zwar schon ziemlich verbogen, richtig erfolgreich waren sie mit dieser Taktik aber nicht.

Auf einmal schob sich ein Junge zwischen den Männern hindurch. Er fiel schon durch sein Äußeres sehr auf: Seine Haare waren blond, fast weiß, seine Jacke glitzerte und er trug eine sehr modische Sonnenbrille.

Er sagte etwas zu den Männern, das Will aus der Entfernung nicht verstehen konnte ... Auf jeden Fall traten sie einen Schritt zurück und er zog ein kleines Gerät aus der Jackentasche, das wie ein Akkuschrauber aus einem Baumarkt aussah. Es war aber etwas ganz anderes, denn vorne zündete eine kleine, blaue Flamme.

Offenbar eine Art Mini-Schweißgerät! Jedenfalls war die Kette damit in Sekundenschnelle durchtrennt und das Schloss einfach aus der Gittertür geschnitten.

So etwas!

William wunderte sich sehr, kam vor lauter Stress aber nicht darauf, wo er den Jungen schon einmal gesehen hatte.

Und ein solches Gerät?

Zwar konnte man Anfang des 20. Jahrhunderts schon Metall schweißen, so viel wusste er, aber auf keinen Fall mit einem Gerät, das in die Jackentasche passte.

Robert hatte ihn auch bemerkt, Vicky leider nicht. Sie war viel zu sehr damit beschäftigt, nicht die Übersicht zu verlieren, zumal jetzt auch noch die Menschen herbeiströmten, die der blonde Junge befreit hatte.

Lieber Leser, wir kennen ihn! Erinnerst du dich an das Kind, das mitten in der Belfaster Innenstadt von einem Auto angefahren wurde? Und da war dieser seltsame, blonde Kerl doch auch gewesen und hatte versucht, jemandem in großer Not zu helfen. – Bitte nicht vergessen: Einhundertsechs Jahre später!

Wer war er?

Wieso war er auch auf der *Titanic*?

Gab es etwa ein viertes Armband?

Erst viel später fingen Will und Rob an, in Ruhe darüber nachzudenken.

Jetzt eilten sie erst einmal weiter: die Passagiere nach oben, sie nach unten. Und je weiter sie kamen, desto schlechter fühlte sich Vicky. Ihr ging das alles sehr nah, denn es war so erschreckend echt.

Mehrere Kabinentüren standen offen.

In einer Kabine auf der rechten Seite weckte eine Mutter ihre drei Kinder:

„Meine Lieben, das Schiff fährt gerade nicht weiter und alle gehen deshalb nach oben. Zieht euch warm an, das machen wir jetzt auch! Vielleicht gibt es da ja eine lustige Überraschung für alle braven Kinder."

Der Älteste war bestimmt noch keine zehn Jahre alt, er schaute die Mutter mit großen Augen an.

In einer anderen Kabine auf der linken Seite sah Vicky ein kleines Mädchen fest schlafend in eine warme Decke gehüllt; neben ihm lag ein großer Teddybär, als ob er auf die Kleine aufpassen wollte. Ihre Eltern saßen vor dem Bett und machten nichts. Nichts!

Wussten sie, dass es fast keine Chance gab, einen Platz in einem Rettungsboot zu ergattern, wenn man so arm war wie sie?

Und wenn: Auf keinen Fall für den Vater …

Worauf warteten sie dann?

Auf das gemeinsame Ende? Auf den Tod?

„Schaut da bitte nicht immer so rein", sagte Robert energisch, „das ist doch irgendwie auch privat!"

„Ich kann nicht anders", antwortete Vicky mit Tränen in den Augen.

Robert konzentrierte sich darauf, zum Speisesaal zu kommen. Allen konnte er nicht helfen, das war ihm klar. Aber Mariella und Luigi, das musste klappen! Da er ihre Kabinennummer nicht wusste,

hatte er blitzschnell zwei Möglichkeiten gegenein-
ander abgewogen:

1. Sie liefen den beiden durch Zufall über den
   Weg. Das war relativ unwahrscheinlich
   und wäre wie ein Sechser im Lotto gewesen.

2. Sie fanden die beiden in der Nähe des Spei-
   sesaals oder dort zumindest jemanden von
   den italienischen Auswanderern, der die
   beiden kannte. Hier standen die Chancen
   besser.

William wusste, dass die Passagiere der 3. Klasse
aus allen Ländern Europas kamen und die Ver-
ständigung oft ein zusätzliches Problem war.

Deshalb zeigte er immer wieder nach oben:

„Go upstairs and hurry up, please! The *Titanic*
is sinking!"

So gut wie jedem, dem sie begegneten, rief er
diesen Satz entgegen: nach oben gehen und sich
beeilen!

26 Glück im Unglück

Und es gab den „Sechser im Lotto"!
Endlich war das Glück auf ihrer Seite, denn keine zwanzig Meter weiter kam ihnen Luigi entgegen, fast nicht zu glauben inmitten der vielen Menschen.

Robert war es, als würde eine Riesenlast von seinen Schultern fallen.

Laut hörbar atmete er aus.

Luigi trug noch immer sein helles Sakko, hatte sich aber einen dicken Wollmantel übergezogen und einen grauen Schal um den Hals gewickelt.

„Ciao", sagte er, „das ist ja schlimm hier! Und das nach unserer Feier heute Abend! Warum seid ihr nicht gekommen?"

Offenbar war er recht guter Laune.

Will fragte sich, ob er wirklich nicht wusste, in welcher Gefahr sie schwebten oder ob er nur so tat, um seine Schwester zu beruhigen.

Mariella stand nämlich wenige Meter hinter ihm und war ziemlich aufgeregt. Sie stürzte auf Vicky zu und nahm sie in den Arm, dann auch Will und Robert.

„Grazie a Dio!", stammelte sie, „Gott sei Dank, dass wir euch getroffen haben. Was ist denn bloß passiert?"

Robert antwortete:

„Wisst ihr das wirklich nicht? Die *Titanic* hat einen Eisberg gerammt und läuft voll Wasser. Ich fürchte, dass sie untergehen wird."

Luigi schaute ihn ungläubig an, Mariella auch. Das Ganze war ja auch kaum zu begreifen. Natürlich hatte Robert mit Absicht verschwiegen, dass er genau wusste, wie das Drama enden würde.

„Ich habe schnell gemerkt, dass etwas nicht stimmt", sagte Mariella, „ich war nach unserer Party kurz im Badezimmer und plötzlich lief das Wasser oben aus der Badewanne. Aber nicht die Wanne ... wie sagt man ... stand schräg, sondern der ganze Raum!"

Deshalb hatte sie auch noch so feuchte Haare. Ihre dunkle Mähne war so lang, dass es bestimmt immer Stunden dauerte, bis sie trocken war. Mit einer schnellen Bewegung strich sie die Haare nach hinten, die ihr ins Gesicht gefallen waren. Das sah sehr hübsch aus.

Will war nervös:

„Wir müssen uns beeilen, wir haben keine Zeit mehr. Lasst uns zusehen, dass wir hier rauskommen! Ich gehe voran, bleibt nahe zusammen und passt auf, dass ihr euch nicht verliert, okay?"

Sie liefen los, Robert war hinten. Er war fest entschlossen, wenigstens die beiden zu retten.

Dabei vergaß er völlig, worüber die Wissenschaftler immer wieder diskutierten, wenn es um

Zeitreisen ging: Konnte man etwas, das in der Vergangenheit passiert war, ändern? Durften sie die Zeit überhaupt manipulieren? Lag das Schicksal von Mariella und Luigi nicht ohnehin fest, weil es doch schon längst passiert war?

Schwierige Fragen, ich weiß!

Nur: Dies war kein Abenteuer im Kino oder Fernsehen, sondern gerade sehr real. Das Wasser in Roberts Schuhen war eiskalt und er hatte Kopfschmerzen – und Mariellas Parfüm war geradezu umwerfend.

Was sollte er bloß tun?

Das Unglück hatte er trotz aller Anstrengungen nicht verhindern können. Zwei Armbänder abgeben und die beiden in die Zukunft schicken?

Selbst wenn er freiwillig auf seine Rückkehr verzichtete, konnte er das weder von Will noch von Vicky verlangen. Und er stellte sich vor, was seine Mutter sagen würde, wenn die beiden mit einem lauten Knall in seinem Zimmer erschienen ... Nein, das war keine Lösung.

Blieb also nur, alles zu versuchen, damit die beiden einen Platz in einem Rettungsboot bekamen. Und das würde schwierig genug werden, wenn sich die Offiziere oben auf dem Bootsdeck wirklich an das Seerecht hielten, wonach zunächst nur Frauen und Kinder in die Boote durften.

Luigi war doch kein Kind mehr!

„Komm", riss Mariella ihn aus seinen Gedanken und nahm seine Hand, „träum nicht! Wir dürfen die anderen nicht verlieren!"

Wenn sie gewusst hätte, wovon er gerade träumte!

Ein Stich ging durch sein Herz wie noch nie in seinem Leben.

Und es war ein Kampf!

Will kannte den Weg inzwischen recht gut, sonst hätten sie sich hoffnungslos verlaufen. Die Schräglage des Schiffes hatte in den letzten Minuten noch einmal deutlich zugenommen und das Wasser stand hier unten schon so hoch, dass Vicky fast schwimmen konnte. Das sah (sorry für die Bemerkung) fast lustig aus, weil ihr weißes Kleid wie eine Qualle um sie herumwaberte. Den unpraktischen, riesigen Hut hatte sie längst irgendwo abgelegt.

Zwei Decks höher, auf dem D-Deck, war es etwas besser, aber auch hier war nichts mehr trocken. Im Speiseraum der 1. Klasse schwammen nun die Speisekarten, Kerzen, Blumen und Tischtücher, ja sogar die Stühle!

Es war nicht mehr zu übersehen: Die *Titanic* sank, und zwar immer schneller.

Kein Mensch hatte mehr einen Blick für die vielen kostbaren Gegenstände, jeder nur noch ein Ziel vor Augen: schnell raus! Nach oben!

Endlich hatten sie die große Treppe erreicht, die sie direkt bis ganz nach oben brachte. Gott sei Dank, das war schon mal geschafft.

Das Wasser stieg auch hier schon die Stufen hinauf.

Vicky entdeckte einen kleinen Jungen, der weiter oben auf den Treppenstufen saß, ganz eng an das seitliche Geländer gedrückt. Er war höchstens drei oder vier Jahre alt, trug eine braune Strickjacke und hatte eine Mütze auf dem Kopf, die ihm viel zu groß war. Seine kleinen Hände hielt er zwischen die Knie gepresst und dicke Tränen rollten über sein Gesicht.

Wo war seine Mutter? Und wo sein Vater?

Vicky blickte sich erschrocken um, hatte aber keinen Erfolg.

Der Kleine war ganz allein, kein Mensch achtete auf ihn.

Sie zog Will, der immer noch vorausging, energisch am Ärmel und blieb stehen. Er hatte den Jungen in der ganzen Hektik gar nicht bemerkt.

Will wurde genauso blass wie sie, machte dann aber etwas, was ihm noch Jahre später einen großen Platz in ihrem Herzen sicherte: Er fackelte nicht lange und schnappte sich den Kleinen. Rechts hielt er ihn im Arm, mit seiner linken Hand stützte er sich am Geländer ab und lief hinauf.

Nur raus hier!

I rgendwo auf dem Nordatlantik, 01.05 Uhr mitten in der Nacht.

Nach einer gefühlten Ewigkeit erreichten sie das oberste Deck.

Will war der Erste, mit dem kleinen Jungen auf dem Arm und keuchend vor Anstrengung, Vicky direkt hinter ihm, dann Luigi, Mariella und als Schlusslicht dieses Mal Robert.

Sie waren verblüfft.

Wer jetzt ein totales Durcheinander erwartet hatte, lag gründlich daneben. Die meisten Passagiere standen geduldig zusammen und beobachteten, wie die Matrosen die Rettungsboote klarmachten und vorsichtig hinunterließen.

Die Passagiere aus der 1. und 2. Klasse waren fast alle warm angezogen und mit Schwimmwesten versorgt, nur einige Kinder hatten noch ihre Schlafanzüge an und waren provisorisch in Decken gehüllt. Um diese Menschen hatte sich die Mannschaft insgesamt viel besser gekümmert als um die Leute aus der 3. Klasse.

Das war so ungerecht!

William hörte, wie einige Männer, rauchend und in dicke Mäntel gehüllt, lachend zu ihren Nachbarn sagten:

„Das ist ja wohl ein Scherz hier!"

„Was für eine verrückte Übung, völlig übertrieben!"

Andere verabredeten sich für den nächsten Morgen zum Frühstück.

Als sich herumsprach, dass das Vordeck mit kleinen Eisstückchen bedeckt war, beschlossen zwei junge Männer, dort am Morgen eine Schneeballschlacht zu machen.

War das möglich? Will konnte es kaum glauben … Merkten die denn nicht, wie tief und schräg das Schiff schon jetzt im Wasser lag? Konnte man eine Gefahr tatsächlich so falsch einschätzen?

Ganz ehrlich: Es war aber auch trügerisch!

Die riesige *Titanic* war hell erleuchtet.

Die Bordkapelle stand unter einem schmalen Vordach und spielte amerikanische Tanzmusik; auf einer kleinen Fläche tanzten einige Paare, von mehreren Lampen angestrahlt.

Das sah nun wirklich nicht wie der Untergang eines Schiffes aus.

Ein Totentanz, dachte Robert bitter.

Der Kapitän erreichte so zumindest das Ziel, eine Panik zu vermeiden – noch!

Was hier oben niemand wissen konnte: Die wahren Helden waren zu diesem Zeitpunkt die Heizer, die tief unten, im Bauch der *Titanic*, ununterbrochen Kohlen in die Heizkessel schaufelten, damit die Generatoren weiterhin genügend Strom liefer-

ten. Nur deshalb funktionierten Licht und Funkgeräte immer noch, nur deshalb konnten die Rettungsboote überhaupt elektrisch nach unten gelassen werden!

Und sie opferten sich freiwillig. Kein Kapitän
konnte sie dazu zwingen, weil klar war, dass sie
kaum eine Chance hatten, es noch rechtzeitig an
die Oberfläche zu schaffen.

Robert lief zur Reling (das ist das Geländer auf
einem Schiff, wie du bestimmt schon weißt) und
konnte drei Rettungsboote sehen, die tief unter
ihm wie kleine Nussschalen auf dem Wasser
schaukelten und sich langsam entfernten.

In jedem der drei Boote waren noch viele Plätze
frei, mindestens die Hälfte. Hatten die Boote wirklich halbleer abgelegt, obwohl doch ohnehin nicht
genügend an Bord waren?

Oh, jetzt zeigte sich der große Unterschied, ob
man solche Dinge nur aus Büchern und Filmen
kannte oder wirklich dabei war!

Vielen erschien die *Titanic* nach wie vor viel sicherer als solch ein winziges Holzboot; einige hatten auch einfach Angst, achtzehn Meter in die Tiefe abgeseilt zu werden – so hoch war das oberste
Deck nämlich immer noch über der Wasserlinie.

Der 2. Offizier, Charles Lightoller, hatte die Auf-
sicht auf der linken Seite; er befolgte strikt den

Befehl „Frauen und Kinder zuerst!" und ließ vorerst keine Männer in die Boote. Die Familien, Männer und Frauen per Befehl zu trennen, funktionierte natürlich nicht so, wie es gedacht war. Viele mutige Frauen weigerten sich einfach, in ein Boot zu klettern.

Eine gut gekleidete Dame sagte zu ihrem Mann:

„Du glaubst doch nicht im Ernst, dass ich dich hier alleine lasse? Nach all dem, was wir zusammen durchgemacht haben?"

Entschlossen trat sie zurück.

Das ist echte Liebe, dachte Vicky gerührt.

Ein Kind rief:

„Papi, ich will da nicht runter!"

Solche Szenen spielten sich überall ab.

Einige Männer zeigten ungeahnte Größe und Tapferkeit.

„Steigt einfach in das Boot", sagte ein Mann und küsste seine Frau und seine zwei kleinen Kinder, „ich komme gleich nach, alles wird gut!"

Vicky beobachtete aber auch einen Mann, der sich ein Kleid übergestreift und ein Kopftuch umgebunden hatte.

„Schau dir das an", sagte sie und kniff Will vor Empörung in den Arm, „so ein Feigling! Und vor dem Boot stehen die vielen Kinder und warten!"

Das regte sie mächtig auf, wie immer, wenn sie etwas ungerecht fand, besonders, wenn es um Kinder oder Tiere ging.

Lightoller bemerkte die Verkleidung leider nicht und ließ den Mann ungehindert in das Rettungsboot.

Auf der rechten Seite des Schiffes stand William Murdoch, unser 1. Offizier, unübersehbar in seinem schicken, schwarzen Mantel, mit goldenen Streifen auf den Schulterklappen.

Er hatte den Kragen hochgeschlagen und schob Männer, Frauen und Kinder aus allen Klassen in die Rettungsboote, ohne genauer hinzusehen.

Ruhig, aber sehr energisch.

Diese dämlichen Gesetze, die sich irgendwer fernab an Land ausgedacht hatte, spielten hier doch sowieso keine Rolle mehr!

Was ging wohl in seinem Kopf vor? Ihm war bestimmt bewusst, dass die Boote nicht reichten und viele Menschen jetzt schon zum Tode verurteilt waren.

Auch, wenn sie es bisher kaum gespürt hatten: Es wurde immer kälter. Unsere drei hatten ja gar keine warme Kleidung an; der kleine Junge trug nur die Strickjacke, aber Gott sei Dank seine warme Mütze auf dem Kopf. Und vergessen wir Luigi und Mariella nicht! Am besten hatte es noch Luigi in seinem Wollmantel. So fröhlich er aber während der ganzen Reise gewirkt hatte – jetzt war er wie versteinert und sagte nichts mehr.

Die arme Mariella sah ziemlich durchgefroren aus, ihre Lederjacke schützte sie zwar vor dem Wind, nicht aber vor der Kälte. Luigi hatte ihr schon seinen dicken Schal gegeben, damit ging es einigermaßen.

Robert nahm ihre Hand, ohne es zu merken, und sie klammerte sich instinktiv an ihn.

Ach, hätten die beiden doch nur mehr Zeit füreinander gehabt!

Das Leben ist oft nicht gerecht.

Trotz allem vergaß Robert jetzt keinen Augenblick mehr, warum er hier war.

Seine Schuldgefühle, bisher nichts erreicht zu haben, um die *Titanic* zu retten, waren so schon groß genug. Jetzt wollte er wenigstens dafür sorgen, dass Mariella und ihr Bruder einen Platz in einem Boot bekamen – und wenn es das Letzte war, was er tat!

Noch waren etliche Rettungsboote unbesetzt, aber er musste höllisch aufpassen und alles gut im Blick behalten.

Und was war eigentlich mit ihnen selbst?

Wann mussten sie die Armbänder allerspätestens benutzen, um in ihre Zeit zurückzukehren und nicht auch noch in Lebensgefahr zu geraten?

Nun hieß es improvisieren!

Zeit und Gelegenheit, sich mit Will und Vicky abzusprechen, hatte er nämlich nicht gehabt.

Jetzt ging es immer schneller ... um 01.15 Uhr stand das Wasser vorne schon bis zum Namensschild der *Titanic*. Nun hatte jeder an Bord begriffen, dass das größte Schiff der Welt bald in den eisigen Fluten versinken würde. Noch konnten die Matrosen die Passagiere einigermaßen beruhigen, aber je weniger Rettungsboote verblieben, desto größer wurde die aufkommende Panik.

Zumindest wurden die Boote jetzt besser besetzt und nicht mehr halbleer ins Wasser gelassen.

Robert wurde immer unruhiger.

Du ahnst, warum?

Er zog die anderen, einschließlich Luigi und Mariella, in eine Ecke, weg von den Menschenmassen, die sich um die Boote versammelt hatten.

„Hört zu, ich denke nicht, dass die *Titanic* in den nächsten zehn Minuten untergehen wird."

(Er konnte seinen italienischen Freunden ja nicht sagen, dass er das ganz genau wusste ... Zeitpunkt des Untergangs: 02.20 Uhr!)

Und weiter:

„Aber wir müssen zusehen, dass wir in ein Boot kommen, es sind nicht mehr viele übrig. Und dann bleiben nur noch die Faltboote und ein paar Flöße. Das ist viel zu gefährlich."

Will mischte sich ein:

„Du hast recht, aber wir werden bei Lightoller auf der linken Seite kein Glück haben. Luigi wird er nicht ins Boot lassen und wir beide, Rob, gehen auch nicht mehr als Kinder durch."

Da war was dran! Will erinnerte sich nämlich dunkel daran, dass Jungen schon mit vierzehn Jahren als Erwachsene eingestuft wurden und keinen Platz mehr in einem Rettungsboot bekamen.

„Deshalb: Drängelt euch nach rechts rüber, dort steht der 1. Offizier, der keine Kontrollen durchführt. Und bleibt um Gottes willen zusammen, fasst euch an den Jacken an! Sonst finden wir uns nie wieder!"

In einer anderen Situation hätten sich Luigi und Mariella bestimmt sehr gewundert, woher Will und Rob das alles wussten.

Vicky rief:

„Stopp, Leute! Habt ihr den Kleinen vergessen?"

Will ließ ihn auf den Boden, weil ihm langsam der Arm wehtat. Nun stand er zwischen ihnen und hielt sich an Vicky fest.

Zumindest weinte er nicht mehr.

Mariella dagegen konnte ihre Tränen kaum zurückhalten.

„Dov'è la sua mamma?"

„Was meinst du?", fragte Robert zurück.

„Wo ist seine Mama?", sagte sie nun auf Deutsch. „Wir müssen sie finden!"

Reflexartig schauten sich alle um, was aber ziemlich sinnlos war.

„Das klappt nicht", meinte William, „es wäre auch reiner Zufall in dieser Menge."

Robert drängte:

„Dafür ist außerdem keine Zeit, die Hauptsache ist, dass wir ihn in ein Rettungsboot kriegen. Tempo jetzt, versucht, auf die rechte Seite zu kommen!"

Und die Situation verschlimmerte sich dramatisch.

Um 01.30 Uhr stieg das Wasser in den vorderen Räumen so schnell an, dass die Pumpen, die immer noch liefen, keine erkennbare Wirkung mehr hatten.

Als Folge neigte sich die *Titanic* noch stärker nach links und nach vorne und bald war der gesamte Bug unter Wasser.

Die Heizer, die noch in den vorderen Kesselräumen arbeiteten, versuchten, über schmale Notleitern nach oben zu fliehen.

Eigentlich war die *Titanic* für das Wasser gebaut worden – jetzt war es ihr größter Feind, der immer mehr von ihr verschlang.

Innerhalb weniger Minuten schwappte es schon um den vorderen Mast, in dessen Korb noch vor zwei Stunden die beiden Matrosen gestanden und nach Eisbergen Ausschau gehalten hatten.

Da war die Welt noch in Ordnung gewesen!

Unter Deck war mittlerweile die Hölle los: Das Wasser schoss wie ein reißender Strom durch die Gänge und fraß sich immer weiter nach oben. Menschen versuchten, sich festzuhalten und wurden doch mitgerissen, Kinder schrien und weinten.

Möbel polterten umher, Unmengen von Gläsern, Tellern und Tassen zerbrachen laut klirrend, etliche Glasscheiben splitterten ... all das erzeugte ein unglaubliches Chaos und Getöse.

Im Funkraum der *Titanic* saßen die beiden Funker, Jack Phillips und Harold Bride, noch immer vor ihren Geräten.

Ihre Notrufe, die auch von der *Carpathia* aufgefangen wurden, klangen verzweifelt:

> *„Maschinenraum überflutet."*
> *„Wir sinken schnell."*
> *„Wir halten nicht mehr lange durch."*

Auf dem Bootsdeck waren unsere Freunde endlich bei den Booten auf der rechten Seite angekommen.

Das war schwierig genug gewesen, weil inzwischen hunderte von Menschen durchgefroren und erschöpft auf dem Deck standen oder hin und her liefen und nicht wussten, was sie tun sollten.

Vicky hatte den Jungen, dessen Namen sie bis jetzt nicht herausbekommen hatte, wieder auf den Arm genommen.

Will meinte, von der anderen Seite mehrere Pistolenschüsse zu hören, war sich aber nicht sicher. Wurde jetzt etwa schon auf Menschen geschossen?

Irgendwer in der Menge rief:

„Be British!" – wohl die Aufforderung, Haltung und Würde zu bewahren und so dem sicheren Untergang entgegenzusehen.

Dann entdeckten sie William Murdoch. Er stand wie ein Fels in der Brandung und kommandierte mehrere Matrosen, die mit aller Kraft versuchten, die Boote möglichst waagerecht an der Außenwand des Schiffes hinunterzulassen.

Robert bewunderte ihn für seine ungebremste Tatkraft, denn der Schock musste ihm doch tief in den Knochen stecken – schließlich hatte er den Zusammenstoß nicht verhindern können.

Mit Schrecken stellte er fest, dass nur noch drei Boote in den Halterungen hingen, Nummer 11, 13 und 15.

Er fing an, zu schwitzen.

Nummer 11 war voll, fünfundsechzig Personen konnte es tragen, wie mit schwarzer Farbe auf die Außenwand gepinselt war. Die Menschen in ihren weißen Schwimmwesten saßen darin dicht gedrängt, gerade wurde es nach unten gelassen. Jetzt blieben also nur noch zwei Boote … Wenn sie hier noch mitkommen wollten, brauchten sie wirklich großes Glück.

Ausgerechnet jetzt ereignete sich noch eine Begebenheit, die wohl ziemlich beeindruckend gewesen sein muss, weil alle drei, Robert, Will und Vicky, darauf bestanden haben, dass ich sie in diesem Buch erzähle.

Sie warteten also brav in einer Reihe, zusammen mit Luigi, Mariella und dem kleinen Jungen.

Auf einmal erschien ein elegant gekleideter Mann; er trug ein weißes Oberhemd mit Fliege, einen braunen Mantel mit einem Pelzkragen und weiße Handschuhe.

Trotzdem wirkte er mit seinen gegelten Haaren und dem schmalen Bärtchen nicht besonders sympathisch.

William kam er irgendwie bekannt vor ... ein altes Foto im Museum? Er wusste es einfach nicht mehr. Offenbar war der Mann aber ziemlich prominent, denn mehrere Leute zeigten mit dem Finger auf ihn und fingen an, zu tuscheln.

Ein Millionär, ein reicher Fabrikant ... es spielte letztendlich auch keine Rolle und wäre nicht weiter erwähnenswert gewesen, wenn er Murdoch nicht plötzlich ein dickes Bündel Geldscheine hingehalten hätte.

Wollte er sich tatsächlich einen Platz in einem Rettungsboot kaufen?

Murdoch wurde ein anderer, sein ganzer Körper spannte sich. Er baute sich vor dem Mann auf, obwohl der mindestens einen Kopf größer war, schaute ihm lange in die Augen – und nahm das Geld!

Robert konnte es nicht glauben, hatte sich aber nicht in Murdoch getäuscht.

Nur Sekunden später warf der Offizier das ganze Geld mit Schwung in die Luft, wo es sich quer über das halbe Deck verteilte. Die Scheine flogen wild durcheinander, aber kaum jemand nahm Notiz davon.

Dann sagte er, während seine Lippen immer schmaler wurden:

„So nicht, Sir, so nicht!" Und weiter, sehr verächtlich: „Steigen Sie trotzdem ein und vergessen Sie niemals diese Nacht!"

Was für eine großartige Geste!

Das ganze Geld hatte hier keinen Wert mehr, es war nur noch bedrucktes Papier. Und er, William McMaster Murdoch, ließ sich nicht bestechen.

Für den reichen Mann musste das eine bittere Erfahrung und sehr beschämend sein.

Er durfte in ein Rettungsboot steigen, weil Murdoch ihm zeigen wollte, dass man sich nicht alles kaufen konnte und Menschlichkeit mehr zählte als alles Geld der Welt. Der Offizier schob ihn in Boot Nummer 13, ohne noch etwas zu sagen; der

Mann schaute keinem mehr in die Augen, bis es unten im Wasser war.

Robert dachte nach:

Es ist ein reines Rechenspiel, ob wir mitkommen. Die beiden letzten Boote fassen zusammen hundertdreißig Personen, vielleicht ein paar Leute mehr, wenn Murdoch es riskiert. Dann besteht aber die Gefahr, zu kentern oder zu sinken.

Langsam ging es vorwärts, Robert rechnete und zählte, verlor aber immer wieder den Überblick.

Als sie endlich vorne standen, war Nummer 13 schon sehr voll, Luigi und Mariella kletterten hinein, ein Matrose half ihnen beim Einsteigen.

Er sagte erschöpft:

„Keine Schwimmwesten an! Was soll's!"

William ärgerte sich auf einmal fürchterlich, dass er daran nicht gedacht hatte. Sie selbst hatten ja auch keine, aber das war doch auch etwas ganz anderes!

Der Matrose hatte leider recht, die Schwimmwesten aus Kork waren ohnehin nutzlos. Wer ins Wasser fiel oder gar sprang, war in wenigen Minuten völlig entkräftet und erfror oder ertrank; bei einer Temperatur von zwei oder drei Grad schneidet Wasser wie tausend Messer in den Körper.

Murdoch sagte:

„Voll! Mehr geht einfach nicht! Lasst keinen mehr rein und fiert ab!"

Damit gab er den Befehl, das Boot nach unten zu lassen. Keiner von ihnen hatte damit gerechnet, dass sie getrennt würden – der nächste Schreck …

Sie konnten sich nicht einmal verabschieden.

Vicky zeigte auf Boot Nummer 15 und rief Mariella zu:

„Wir sehen uns unten!"

Die antwortete:

„A presto – bis gleich!"

„Was für ein Abenteuer!", rief Luigi noch hinterher.

Robert hatte überhaupt nicht vor, in ein Rettungsboot zu steigen und anderen Passagieren damit den Platz wegzunehmen, Nummer 15 war schließlich das letzte auf der rechten Seite.

Nein, er hatte geplant, irgendwo in einer Ecke, in der sie unbeobachtet waren, die Armbänder zu benutzen und direkt in ihre Zeit, 2018, zurückzukehren.

Aber sie kamen gar nicht mehr aus der Schlange heraus und wurden fast automatisch in das Boot geschoben – als Erste!

Robert kletterte hinein und über die leeren Bänke bis nach vorne.

Ein Matrose nahm Vicky den Jungen ab und reichte ihn behutsam ins Rettungsboot, nachdem auch Will und Vicky eingestiegen waren. Sie hielt ihn ganz fest! Er war doch noch so klein und verstand gar nicht, was hier los war. Sie machte seine Strickjacke fest zu, denn die Seeluft war eisig.

Will stützte sie bei der hastigen Kletterei, zumal das Boot an den dünnen Seilen schaukelte und immer mehr Menschen von hinten nachrückten.

Schnell war es bis auf den letzten Platz besetzt und sie konnten ein letztes Mal auf das Deck der *Titanic* schauen. Dort drängelten sich noch so viele Passagiere ...

Was sollte aus denen werden?

Noch immer erstrahlte das Schiff in hellem Licht und die Musiker spielten.

Wieder hörten sie Murdoch:

„Boot ist voll, abfieren! Gott sei mit Ihnen!"

Und schon ging es in die Tiefe, es ruckelte leicht. Vicky setzte sich hastig auf eine schmale Holzbank, aber sie hätte vor lauter Menschen gar nicht umfallen können.

Boot Nummer 13, in dem Luigi und Mariella saßen, war nur wenige Meter unter ihnen. Zum ersten Mal sahen sie nun die riesige Bordwand der *Titanic* von außen, sie ragte noch immer so hoch wie ein Haus aus dem Wasser.

Die ersten Meter war sie weiß, dann kam ein glänzender, gelber Streifen und schließlich tiefes Schwarz.

Ein seltsames Gefühl! Sie schwebten an Fenstern vorbei, aus denen gemütliches Licht schimmerte – dort hielten sich tatsächlich noch Menschen auf!

Hinter einer Scheibe saßen zwei Männer, die Karten spielten und etwas tranken. Will stieß Robert, der vor ihm saß, an und zeigte mit einer knappen Bewegung auf die beiden.

Sein Freund nickte nur, auch er ahnte, worauf sie warteten.

Die beiden Boote waren fast gleichzeitig unten und einige Männer versuchten krampfhaft, die Seile zu lösen, um von der stählernen Bordwand wegzukommen.

Im Wasser sah man merkwürdige Strudel und Luftblasen, als wolle die *Titanic* alles mit sich in die Tiefe reißen.

Hinten stand jeweils ein Matrose und steuerte, er hatte das Kommando über sein Boot und die Verantwortung für alle Menschen darin.

Der Steuermann in Boot Nummer 15 rief:

„Wegrudern, wegrudern!"

Aber es war in der Enge gar nicht so einfach, die langen Holzriemen klarzumachen und loszufahren.

Langsam setzten sich die schwerfälligen Boote in Bewegung.

Bei Regen, Sturm und hohen Wellen hätten sie, das war Will und Rob völlig klar, überhaupt keine Chance gehabt.

Der Abstand zwischen den beiden Booten betrug nur wenige Meter, vergrößerte sich aber schnell.

Mariella winkte, Luigi streckte den rechten Daumen in die Höhe und grinste, offenbar hatte er seinen Lebensmut wiedergefunden. Und das in dieser Situation!

Robert fühlte sich etwas besser, denn eines hatte er zumindest erreicht: Mariella und ihr Bruder saßen sicher in einem Rettungsboot, auch, wenn das noch keine Garantie für ihre Rettung war. Schließlich trieben sie mitten in der Nacht auf dem Atlantik und andere Schiffe waren weit und breit nicht zu sehen.

„Sag mal", fragte er leise seinen Freund, „wann wird das erste Schiff hier sein und die Leute aus den Booten aufnehmen?"

„Nun ja", meinte der, „das ist ziemlich genau überliefert. Die *Carpathia* unter Kapitän Rostron wird gegen 04.10 Uhr hier ankommen."

„Jetzt dürfte es ungefähr 02.00 Uhr sein. Will, das sind ja noch über zwei Stunden!"

„Ihr Kapitän fährt mit äußerster Kraft, aber schneller ist die *Carpathia* nun mal nicht. Sie wird aber über siebenhundert Menschen retten."

„Wenn die Zahlen stimmen, sind das ja *alle* aus den Rettungsbooten ..."

Rob atmete tief durch, er war etwas erleichtert. Mariella und Luigi würden gerettet werden, da war er sich auf einmal ganz sicher. Und der kleine Junge auch.

Viele Rettungsboote waren nun im Wasser. Boot Nummer 13, eben noch neben ihnen, aber kaum noch zu sehen.

Der Blick auf die *Titanic*?

Atemberaubend.

Ihr vorderer Teil war komplett unter Wasser, aber viele Lampen brannten noch immer und erhellten das Meer – und das vor dem dunklen, klaren Nachthimmel mit seinen schimmernden Sternen.

Aus der Entfernung konnte man deutlich erkennen, wie sie immer tiefer sank; lange würde sie nicht mehr durchhalten.

Durch ein Sprachrohr kam ein knapper Befehl:

„Zurück zum Schiff, weitere Leute aufnehmen!"

Aber der Matrose sagte:

„Nein, schneller rudern, nur weg! Es ist unser Leben. Wenn die *Titanic* sinkt, reißt uns der Sog mit in die Tiefe. Das wäre reiner Selbstmord! Und wir können auch niemanden mehr ins Boot lassen!"

Unseren Freunden ging das durch und durch, Vicky flüsterte den beiden Jungen zu:

„Können wir nichts dagegen tun?"

„Nein", sagte William und drehte sich zu ihr, „nichts. Er hat hier das Kommando und auch eine Waffe. Schau! Die Pistole an seinem Gürtel! Im Notfall darf er davon Gebrauch machen. Misch dich bitte nicht ein!"

Der letzte Satz klang fast beschwörend; er kannte Vickys Temperament nur zu gut, da konnte sie fast mit Mariella mithalten.

Robert bestätigte, was Will gesagt hatte, ganz sachlich, wie es eigentlich immer seine Art war:

„In gewisser Weise hat er wirklich recht! Seht mal, wie tief unser Boot schon jetzt im Wasser liegt. Wenn nur ein paar Leute versuchen, hier reinzuklettern, läuft das Wasser über den Rand. Was willst du denn machen?"

Es gab Situationen, die später keiner von ihnen vergessen konnte, auch, als das *Titanic*-Abenteuer längst vorbei war.

Dies war solch eine Situation.

Jetzt aber entfernten sie sich immer weiter vom Schiff und seinem Untergang.

Vicky blickte sich um. Nur fünf Männer und eine Frau ruderten, sie merkten die schneidende Kälte wohl noch am wenigsten.

Neben ihr saß eine ältere Frau, die vor Kälte und Erschöpfung zitterte.

Vicky sagte zu Will und ihrem Bruder:

„Jungs, zieht eure Jacken aus und gebt sie weiter, ihr werdet das auch ohne überstehen!"

Dann stieß sie Robert energisch in die Seite. Er erschrak, weil er völlig in Gedanken versunken war. Was brütete er schon wieder aus?

Will mochte genau das an ihr. Vor drei Minuten hatte er zwar noch arge Befürchtungen gehabt, dass sie dem Matrosen ins Gewissen reden würde, aber so war Vicky eben: Sie kümmerte sich immer um die Schwächeren, ohne an sich selbst zu denken.

Er reichte seine Jacke der älteren Frau, die sie dankbar nahm, aber vor Kälte kaum sprechen konnte.

Sie nickte nur mit dem Kopf.

Robert gab seine einem Heizer; er war bestimmt einer der wenigen, die es überhaupt aus dem Bauch der *Titanic* geschafft hatten.

Sein Gesicht war schwarz vor Kohlenstaub, das konnte man sogar jetzt, mitten in der Nacht, erkennen. Er trug nur ein Unterhemd; kein Wunder, denn noch vor Kurzem hatte er vor einem brüllend heißen Ofen gestanden und Kohlen hineingeschaufelt. Er war sehr dankbar für die Jacke, auch, wenn sie gar nicht besonders wärmte.

Ein kleines Mädchen, das neben dem bärenstarken Kerl saß, tippte vorsichtig auf seine linke Hand, die heftig blutete. Das hatte er noch gar nicht bemerkt! Dann zog sie ein weißes Taschentuch aus ihrer Jacke und gab es ihm.

Er lächelte und wickelte es fest um seine Hand.

Vicky schaute auf den kleinen Jungen, der immer noch neben ihr saß und seinen Kopf an ihren Arm gelehnt hatte. Er war vor Erschöpfung eingeschlafen.

Eigentlich ganz gut, dachte sie, *dann kriegt er das alles nicht so mit.*

Und sie versuchte, eine verzweifelte, junge Mutter hinter sich zu trösten, die beim Einsteigen nur für einen Moment lang ihren Säugling aus der Hand gegeben hatte. Als sie dann im Boot war, sich umdrehte und ihre Arme ausstreckte, hatte irgendwer das Kind schon in ein anderes Boot weitergereicht. Ob sie sich je wiedersehen würden?

Vicky versprach ihr, nach der Rettung bei der Suche zu helfen.

Dabei vergaß sie nur eines: Irgendwann mussten sie zurück in ihre Zeit, denn rein theoretisch gehörten sie hier gar nicht hin.

Und genau das bereitete ihrem Bruder gerade ziemliches Kopfzerbrechen.

Sie hatten aufgehört, zu rudern und konnten nichts weiter tun, als zu warten. Fünfundsechzig Menschen in einem neun Meter langen Boot, mitten auf dem dunklen, windstillen, sehr kalten Atlantik.

Das hätten sich Will, Rob und Vicky nicht in ihren kühnsten Träumen vorstellen können.

Für Vicky war das mehr an Abenteuer, als ihr lieb war und auch der Forscherdrang der Jungen war in dieser Nacht auf ein Minimum gesunken. Ein Spaß war das hier längst nicht mehr.

Robert wachte endlich aus seinen Grübeleien auf und gab den beiden anderen ein Zeichen.

Sie steckten die Köpfe zusammen und er sagte:

„Hört mal, es gibt noch eine ganz andere Gefahr, größer, als ihr euch wahrscheinlich vorstellen könnt. Ich habe hin und her überlegt, wann wir hier wegmüssen. Schaut mal auf eure Armbänder!"

Will und Vicky schoben verstohlen ihre Ärmel nach oben, die Bänder blinkten wild in allen Farben. Hoffentlich fiel das niemandem im Boot auf!

„Seht ihr", fuhr Robert fort, „es ist, als wenn selbst die Armbänder Alarm schlagen würden. Spätestens, wenn die *Titanic* versinkt, müssen wir hier weg. Das Problem ist die Energie, die enorme

Kraft, mit der sie alles in die Tiefe reißt. Ich vermute, dass das Schiff schon jetzt die temporale Energie beeinflusst … und wenn der Zeittunnel, durch den wir zurückwollen, nicht genügend Energie hat, weiß ich nicht, wo wir landen. Das ist aber nur eine Theorie."

Wieder einmal fühlte er die bleischwere Last der Verantwortung auf seinen Schultern.

„Du und deine Theorien!", antwortete sein Freund und verzog das Gesicht. „Was sollen wir denn jetzt bloß tun?"

„Wir bleiben hier auf jeden Fall nebeneinander sitzen. Und dann machen wir es genauso wie bei unserer ersten Reise durch das Wurmloch: mit den Händen einen Kreis bilden! Schwierig wird es dann noch mal, bewusst *nicht* an die *Titanic* zu denken, sondern an das Jahr 2018, an unsere Zeit. Es ist die Kraft der Gedanken, die uns zurückbringt, vergesst das nicht!"

Konnte das erneut funktionieren?

Robert war sich da gar nicht so sicher, wollte seine Freunde aber nicht völlig entmutigen.

Vicky sagte:

„Das schaffen wir schon, obwohl ich total erledigt bin und friere. Habt ihr übrigens unseren kleinen Jungen vergessen?"

Das hatten die beiden tatsächlich, er schlief ja auch tief und fest.

„Vicky, du gibst ihn unter irgendeinem Vorwand der Frau neben dir", flüsterte Will – auch deshalb so leise, weil sich das Mädchen vor ihnen schon neugierig umdrehte und wissen wollte, was die drei dort so Wichtiges zu bereden hatten.

„Okay", antwortete sie nur.

Als sie wieder aufblickten, funkelte und glitzerte das Riesenschiff nach wie vor märchenhaft. Und aus dieser Entfernung bekam man gar nicht richtig mit, welche Tragödien sich gerade auf der *Titanic* abspielten. Vielleicht war das auch besser so.

Der Multimillionär John Jacob Astor, der reichste Mann an Bord, lehnte die Aufforderung Lightollers ab, in Boot Nummer 4 zu steigen.

In diesem saß bereits seine junge Frau, die zudem ein Kind erwartete.

„Die See ist ruhig, mir wird nichts geschehen, wir sehen uns morgen", sagte er und half noch mehreren Frauen und Kindern ins Boot.

Warum er nicht einstieg? Vielleicht vertraute er der *Titanic* noch immer, vielleicht war es auch einfach eine Sache der Ehre ... es brachte jedenfalls nichts. Nummer 4 wurde in aller Eile mit dreiundzwanzig freien Plätzen abgeseilt, Astor ertrank.

Um kurz nach 02.00 Uhr hatte die Schräglage so zugenommen, dass das Wasser das A-Deck und die Kommandobrücke erreichte.

In diesen Minuten ging Kapitän Smith noch ein letztes Mal in den Funkraum, den Phillips und Bride bis jetzt nicht verlassen hatten, obwohl das Wasser schon in den kleinen Raum schwappte.

Beide hatten einen Kopfhörer auf, Bleistift und Papier vor sich und die rechte Hand am Signalgeber für die Notsignale.

Er sagte:

„Kommt, Männer, ihr habt eure Pflicht wirklich getan. Geht jetzt!"

Aber wohin sollten sie denn gehen? Es war ja kein Rettungsboot mehr da!

Und so machten sie einfach weiter, obwohl die Signale auf den anderen Schiffen kaum noch zu hören waren.

Offenbar zerstörte das Salzwasser nun auch die Elektrik.

Die Bordmusiker spielten tapfer weiter, es war aber keine Tanzmusik mehr.

Das letzte Stück hieß „Nearer, My God, to Thee" – auf Deutsch „Näher, mein Gott, zu dir" – ein Choral, der normalerweise nur auf Beerdigungen gespielt wurde.

Das war das Lieblingsstück des Dirigenten Wallace Hartley, der sich von seinen Musikern so verabschiedete:

„Gentlemen, es war mir eine Ehre, heute mit Ihnen spielen zu dürfen!"

Erst drei Minuten vor dem Untergang, der ja schon Stunden zuvor begonnen hatte, entließ der Kapitän offiziell seine Mannschaft.

Um 02.17 Uhr ließ er verbreiten:

„Jeder für sich, rette sich, wer kann!"

Aber wer bekam das überhaupt noch mit?

In den Rettungsbooten hörte man ein lautes Donnern. Will vermutete, dass das entweder die heißen Dampfkessel waren, die in die Luft flogen – oder die massiven Trennwände aus Stahl, die nun auch nicht mehr standhielten.

Und es mussten unglaubliche Wassermassen sein, die auf einmal durch Fenster, Türen und Lüftungen in den vorderen Schiffsrumpf stürzten.

Der erste Schornstein, immerhin ein Riese von vierundzwanzig Metern, knickte nach vorne und zerschlug die davor liegende Kommandobrücke und die hübsche Veranda mit den Palmen, in der sie noch kurz vor Mitternacht gesessen und Wache gehalten hatten.

Die arme *Titanic*, die armen Menschen!

William wusste, dass in diesen Sekunden viele Menschen starben, erschlagen von der Wucht des herabdonnernden Schornsteins.

Er sagte aber nichts, es war alles schon schlimm genug.

Der Bug war mittlerweile so schwer, dass sich der komplette hintere Teil des Schiffes langsam aus dem Wasser hob, immer höher und höher. Selbst aus dieser Entfernung sahen sie nun die gewaltigen Schiffsschrauben, die aus dem Wasser ragten.

Sie hörten Hilferufe und Schreie, aber auch andere Geräusche, die einfach nur gespenstisch klangen: Gurgeln von Wasser, Quietschen von sich biegendem Metall, Splittern von Holz – und das umso mehr, da es ringsum völlig still war.

Die See und der Wind schwiegen.

32 Der Untergang

So oft hatte Will darüber gelesen, alle Filme gesehen, Modelle im Museum betrachtet – die Wirklichkeit aber übertraf alle Vorstellungskraft.

Der vordere Teil der *Titanic* war bis zur Mitte im Wasser verschwunden und mit ihm der erste und zweite Schornstein.

Der hintere Teil ragte steil aus dem Wasser, strahlend hell erleuchtet auf allen Decks und in allen Kabinen. Wie war das nur möglich?

Die Menschen hangelten sich in wilder Panik nach hinten, sofern sie das überhaupt noch schafften, denn an Deck konnte niemand mehr normal gehen oder gerade stehen.

Für die Leute in den Rettungsbooten sahen sie wie winzige Figuren aus.

Etliche fielen mit rudernden Armen vom Heck ins Meer, weil sie sich dort nicht mehr festklammern konnten. Einige Todesmutige sprangen in ihrer Verzweiflung hinunter, hatten aber keine Chance, das zu überleben: Aus sechzig oder siebzig Metern Höhe ist Wasser hart wie Beton, wenn man unten aufschlägt.

Andere rutschten wie auf einer Eisbahn über die nassen Holzböden – und meist direkt ins eiskalte Wasser.

„Tausendfünfhundert Menschen ...", murmelte Will.

Eine Frau mit Kopftuch und dicker Brille neben ihm stand auf, hielt ihre rechte Hand fassungslos vor den Mund und sagte nur:

„Mein Gott, sie geht unter!"

Aber das Drama endete noch lange nicht, die *Titanic* quälte sich weiter.

Durch die enormen Verbiegungen brach das Schiff nun nämlich komplett auseinander. Und zwar ziemlich genau in der Mitte, kurz vor dem dritten Schornstein, aus dem immer noch ein wenig Rauch aufstieg.

Wie in der Mitte durchgesägt!

Die Laute, die dabei entstanden, lassen sich mit Worten kaum wiedergeben. Mit einem Kreischen riss das Metall, krachend brach das Holz der Decks ... als wenn ein großes, brüllendes, urzeitliches Tier sterben würde.

Mit einem Schlag gingen alle Lichter aus.

Sie flackerten noch einmal auf und erloschen dann für immer; offenbar waren auch die Dampf- und Stromleitungen endgültig gerissen.

Nach der blendenden Helligkeit der letzten Stunden war nun alles in Dunkelheit getaucht und die Augen brauchten eine ganze Weile, um sich daran zu gewöhnen und wieder etwas erkennen zu können. Man sah das Meer, die funkelnden

Sterne und die Umrisse der *Titanic* – jetzt in einem seltsamen Grau.

Der vordere Teil ging schnell unter und nahm alles mit in die Tiefe, was in seiner Nähe war.

Der hintere Teil fiel krachend zurück auf die Wasseroberfläche.

Seitlich spritzte es meterhoch auf.

Wie mit einem Peitschenknall rissen die beiden noch verbliebenen Schornsteine ab und rollten ins Wasser.

Viel schlimmer aber waren die Schreie der Menschen.

Will und Robert versuchten später, das zu beschreiben, was aber fast unmöglich war. Will verglich es mit dem Gekreische in einer Achterbahn oder auf den beliebten Falltürmen, die jetzt in fast jedem Freizeitpark Nordirlands stehen.

Dies aber war kein Freizeitspaß, sondern bitterer Ernst, ein Todesschrei, ähnlich einem Sirenengeheul aus tausend Stimmen gleichzeitig.

Für einen Augenblick blieb die Heckpartie ruhig und fast waagerecht auf der Wasseroberfläche liegen; die Menschen schöpften noch einmal kurz Hoffnung, die wasserdichten Schotten würden halten und der Rest der *Titanic* schwimmfähig bleiben.

Aber das war trügerisch, denn nun gab es ja ein riesiges Loch: die Bruchstelle in der Mitte. Mit donnerndem Getöse strömte das Wasser in die unteren Decks.

Und kaum zu glauben: Das Heck richtete sich erneut auf!

Vicky wollte gar nicht mehr hinsehen, es war ihr auch egal, wie das sein konnte. Für sie zählte nur, dass sie keinem dort helfen konnte.

Umso fester hielt sie jetzt den kleinen Jungen an ihrer Seite, der bei dem Lärm nun doch aufgewacht war und angefangen hatte, leise zu weinen. Mit ihrem rechten Ärmel wischte sie seine Tränen ab.

Will und Robert wussten natürlich, was da technisch gerade passierte – Will, weil er sich so gut mit der *Titanic* auskannte; Robert, weil er sehr schnell die technischen Zusammenhänge begriff: Es waren die tonnenschweren Maschinen im Mittelschiff, die immer noch fest am Schiffsboden verankert waren und das leichtere Heck nun in die Höhe drückten.

Es richtete sich wie in Zeitlupe steil auf, stand dann wie ein Turm fast senkrecht, blieb einen Moment so und rauschte langsam senkrecht in die Tiefe.

Als die Flagge ganz hinten schließlich verschwand, gab es nur noch ein blubberndes Geräusch und die Wasseroberfläche schloss sich.

Die riesige *Titanic* war weg! Einfach weg!!

Trotz dieses furchtbaren Schauspiels und der Schreie, die über das Wasser hallten, bewahrte Robert einen halbwegs kühlen Kopf und vergaß nicht, was jetzt zu tun war.

Das mag, zugegeben, ein wenig herzlos klingen, rettete aber ihr eigenes Leben und ihre Zukunft.

„Wir müssen los!", sagte er gar nicht mal so leise.

Aber niemand im Boot achtete auf sie, jeder war bis ins Innerste getroffen und starrte auf die Stelle des Untergangs.

Vicky riss sich zusammen und streichelte dem kleinen Jungen, auf den sie so lange aufgepasst hatte, behutsam über den Kopf. Er schaute sie an, als wüsste er, dass dies der Abschied war.

„Mach's gut, mein Kleiner. Sieh zu, dass du es schaffst und deine Mama wiederfindest! Und hab ein glückliches Leben!", flüsterte sie ihm noch zu.

(Verwirrend, diese Reise durch die Zeit. Vicky war jetzt vierzehn Jahre alt, der Junge vielleicht drei. Bezogen auf ihre Gegenwart war er schon fünfundneunzig Jahre älter als sie.)

Es brach ihr fast das Herz, ihn jetzt alleine zurücklassen zu müssen. Sie hatte Tränen in den Augen – aber ihr blieb keine Wahl.

Im Boot war es so eng, dass sie gar nichts zu ihrer Nachbarin sagen musste, der Kleine konnte nicht über Bord fallen.

„Vicky, mach schon", raunte ihr Will angespannt zu, „wir haben wirklich keine Zeit mehr!"

Er schloss kurz die Augen, um die schrecklichen Bilder in seinem Kopf zu verdrängen.

Dann nahm er ihre Hand und sie bildeten, halb schräg im Rettungsboot sitzend, eine Art Kreis. Das bemerkte niemand in der Dunkelheit, aber die Armbänder blinkten verräterisch durch den Stoff ihrer Ärmel.

Robert sagte so ruhig wie möglich:

„Und nun konzentriert euch auf Zuhause! Vergesst das alles hier. Stellt euch vor, ihr seid in meinem Zimmer! 2018!"

Aber so einfach wie voriges Mal war es längst nicht. Nichts geschah.

Und das war ja auch kein Wunder! Bei ihrer Reise in die Vergangenheit hatten sie entspannt auf seinem Teppich gesessen und eher darüber gelacht. Jetzt saßen sie hundertsechs Jahre vor ihrer Zeit in einem schaukelnden Boot und erlebten das Abenteuer ihres Lebens.

Wie sollte man das quasi auf Kommando vergessen?

Vickys Herz klopfte wie wild, William fühlte das pure Adrenalin durch seine Adern fließen.

Robert wusste, dass es mit jeder Sekunde schwieriger wurde, zurück in die Gegenwart zu kommen:

„Atmet tief ein und aus!"

Er schaffte es als Einziger, wirklich abzuschalten und sich auf ihre eigene Zeit zu konzentrieren:

„Stellt euch einfach mein Zimmer vor ... die Möbel ... die Farbe der Wände ..."

Und jetzt schien es zu klappen, Gott sei Dank!

Wieder hatten sie das Gefühl, durch einen Nebel hindurch in ein großes Loch zu fallen und immer weitergezogen zu werden.

Das Wasser, der Sternenhimmel, das schaukelnde Rettungsboot ... alles wurde kleiner und kleiner, drehte sich und verschwand schließlich ganz.

Das Letzte, was sie sahen, war ein Regenbogen, der in allen Farben schillerte. Und das mitten in der Nacht und wie durch ein Wunder genau über der Stelle, an der die *Titanic* gerade gesunken war. Schon sehr merkwürdig.

Dann war der Zeitsprung geschafft.

Benommen lagen sie auf dem Fußboden in Roberts Zimmer.

Robert war der Erste, der wieder halbwegs klar denken konnte. Lag es vielleicht daran, dass sein Gehirn besonders trainiert war? Jedenfalls schaute er sich in seinem Zimmer um und stellte fest, dass sich nichts, aber auch gar nichts verändert hatte.

Mühsam stand er auf und ging zu seinem Computer, der leise surrte und noch nicht mal auf Standby geschaltet hatte.

Und das geschah in der Regel schon nach zehn Minuten.

Es war 16.15 Uhr.

Will hob seinen Kopf und rieb sich die Augen:

„Was war das denn wieder? Ich habe Kopfschmerzen ohne Ende!"

Er versuchte erst gar nicht, aufzustehen, sondern legte sich erneut flach auf den Boden.

Vicky rappelte sich hoch und sagte:

„Ich muss aufs Klo!"

Und weg war sie.

„Ist dir schlecht?", hörte sie ihren Bruder rufen.

„Nein, alles okay", antwortete sie nur und kam kurze Zeit später schon wieder zurück.

Unter dem linken Arm hielt sie zwei Flaschen, Cola und Wasser, in der rechten Hand drei Gläser.

Dann fragte sie:

„Habt ihr auch solchen Durst?"

Und tatsächlich, auch Will und Rob merkten, dass ihnen die Zunge am Gaumen klebte und ihr Hals ganz trocken war.

Robert hatte seine Unterlippe wieder zwischen den Zähnen.

Er sagte:

„Das wird an der Reise durch das Wurmloch liegen, die wir gerade hinter uns haben. Kinder, eine Reise durch Raum und Zeit! Wir wissen ja gar nicht, welche Auswirkungen das auf den Körper hat, mal abgesehen davon, dass uns das kein Mensch abkaufen wird."

Er war schon wieder ganz in seinem Element, nahm sich ein Glas Cola und setzte sich an seinen Schreibtisch.

Vicky zog ihre Schuhe aus, hockte sich auf das rote Sofa und trank schon das dritte Glas Wasser.

Will war, obwohl er es nicht zugeben wollte, immer noch ziemlich benommen. Er blieb einfach auf dem Fußboden sitzen und lehnte sich an den Schrank.

Erst langsam wurde ihnen klar, was sie da gerade erlebt hatten.

Und auf einmal redeten alle wild durcheinander:

„Haben wir das nur geträumt?"

„Wir waren doch auf der *Titanic*, oder?"

„Das war ja schrecklich gerade!"

„Das Schiff ist einfach so verschwunden!"

„Diese Geräusche … grauenvoll! Und die Hilferufe der Leute!"

„Eben noch das ganze Wasser im Boot … und jetzt sind meine Füße völlig trocken!"

„Ich spinne doch nicht!"

„Hat jemand noch sein Armband? Meins ist weg!"

„Schaut, sogar unsere Kleidung ist wieder die alte – wo sind die Jacken aus Samt, wo ist mein weißes Kleid?"

„Ob die anderen im Boot gemerkt haben, dass wir auf einmal nicht mehr da waren?"

„Sind wir wirklich wieder zu Hause?"

„Habt ihr eben auch den Regenbogen gesehen? Wo kam der denn her?"

So aufgeregt ging das in einem fort. Richtige Antworten hatte keiner, noch nicht einmal unser Superhirn Robert.

So viele Eindrücke, so viele schrecklich-schöne Erlebnisse!

Es war alles noch so real, als hätten sie noch vor wenigen Minuten in dem winzigen Rettungsboot gesessen.

Irgendwann wurde aus der Aufregung extreme Müdigkeit.

Robert gähnte und Will spürte ja schon die ganze Zeit, wie sehr ihn das alles mitgenommen hatte.

Er meinte:

„Ich bin echt platt, wie bei einem Jetlag … So ging es mir auch, als wir voriges Jahr nach New York geflogen sind!"

Er seufzte.

„Nicht schlimm, Will", tröstete ihn sein Freund, „der Vergleich passt sogar sehr gut! Dass ich da nicht selbst drauf gekommen bin …" Er fasste sich an die Stirn. „Du merkst es vielleicht nur am stärksten von uns dreien. So schnell kann man das alles gar nicht verarbeiten und unsere innere Uhr kommt da einfach nicht mit. Eben war es noch stockdunkel und mitten in der Nacht, jetzt ist es taghell und Nachmittag. Und der Körper orientiert sich nun mal ständig am Hell-Dunkel-Rhythmus. Überlegt mal: Bei unserer ersten Zeitreise war es Nachmittag, als wir auf der *Titanic* ankamen. Da hatten wir diese Probleme nicht. Bei unserer Rückreise hat sich auch die Tageszeit geändert – das nennt man Jetlag."

Hey, Robert war auch erst fünfzehn!

Wo hatte er das wieder her?

„Und was ist jetzt hier los?", fragte Vicky. „Wir sind ja Gott sei Dank wieder zu Hause, aber was ist mit der Zeit? Ist die hier stehen geblieben?"

Ihr Bruder schaute aus dem Fenster. Eine gute Frage!

Er überlegte eine Weile und sagte dann:

„Ich denke nicht. Die Zeit ist wie ein Fluss, den man auch nicht stoppen kann. – Vermutlich waren wir nach unserer Zeitrechnung überhaupt nicht weg, keine Sekunde!"

Jetzt wurde es William doch zu bunt.

„Das glaubst du doch selber nicht! Wir waren schließlich viele Stunden auf der *Titanic*! Und ich erinnere mich an jede Minute!"

„Ja, aber eben im Jahr 1912, nicht 2018!"

Will sagte nichts mehr und schenkte sich auch ein Glas Cola ein.

Er war viel zu müde, um darauf zu antworten.

Vicky fragte:

„Was machen wir denn jetzt?"

„Ich schlage vor, wir legen einfach eine Pause ein", antwortete Robert, „es ist vorbei – auch wenn es schwerfällt, das zu glauben. Bei Jetlag hilft viel frische Luft, sich ruhig zu halten und im normalen Rhythmus schlafen zu gehen. Obwohl dir, lieber Will, ein wenig Sport ja wirklich mal guttun würde."

Er grinste.

Den Seitenhieb auf die etwas pummelige Figur seines Freundes konnte er sich einfach nicht verkneifen.

„Sehr witzig. Dafür habe ich auf der *Titanic* auch längst nicht so gefroren wie du. Und war es nicht gut, dass wir in der 3. Klasse so hervorragend gegessen und Mariella kennengelernt haben?"

Das war die Rache unter Freunden! Musste er gerade Mariella erwähnen?

Robert warf ihm ein Kissen an den Kopf, aber Will reagierte nicht.

Vicky meinte:

„Kriegt euch ein, Jungs! Morgen dürfte dann ja ganz normal Sonntag sein. Treffen wir uns um drei wieder hier? Klappt das bei dir, Will?"

„Das klappt", meinte der, „meine Eltern sind bei Bekannten eingeladen und da wollte ich sowieso nicht mitfahren."

Robert dachte schon einen Schritt weiter.

„Das größere Problem ist ohnehin, dass wir keinem davon erzählen können. Genauer gesagt: Wir können natürlich schon – aber wer wird uns das denn glauben, dass wir heute auf der *Titanic* waren?"

„Ich düse los", sagte William, „wir reden morgen weiter. Ich muss das erst mal alles verpacken. Träumt nicht zu heftig heute Nacht …"

Während aus Vickys Zimmer schon wieder leise Musik zu hören war, wusste Robert auch nicht so recht, was er mit sich anfangen sollte. So viele Gedanken schwirrten durch seinen Kopf!

Schließlich nahm er einen dicken Stapel weißes Papier und fing an, Blatt für Blatt mit Stichworten, Ideen und Formeln vollzukritzeln – über die Zeitreise und ihre Erlebnisse auf der *Titanic*. Zu groß waren seine Bedenken, morgen schon viele Einzelheiten vergessen zu haben, die dann unwiederbringlich weg waren. Denn eines war ihm völlig klar: Die Chance, noch einmal auf die echte *Titanic* zu kommen, war verschwindend gering.

Für mich, liebe Leserinnen und Leser, waren Roberts Notizen übrigens ein Glücksfall: Er konnte an diesem Tag natürlich nicht ahnen, dass ich ein Buch über ihr Abenteuer schreiben würde. Sie machten die Geschichte aber noch viel glaubwürdiger, als er mir hinterher daraus vorlas!

Und er vergaß an diesem Nachmittag auch nicht, den Brief aus der Schublade zu nehmen, den er seinem Vater vorsichtshalber geschrieben hatte, bevor sie die silbernen Armbänder benutzt hatten.

Ja, es war gefährlich gewesen und es hätte jederzeit schiefgehen können, wenn ihre Tarnung aufgeflogen wäre oder sie den Weg nach oben nicht gefunden hätten ... Aber sie waren ja wieder da und alles war gut.

Zumindest für sie. Was aus Luigi, Mariella und dem kleinen Jungen geworden war, stand in den Sternen. Aber auch hierüber machte er sich längst Gedanken; William übrigens auch, ohne dass sie sich abgesprochen hatten.

Am nächsten Tag kam Will schon kurz vor drei angefahren, stellte sein Rad an der Haustür ab und schellte gleich viermal. So wusste sein Freund sofort, wer da war.

Das machten sie immer so!

Es ging ihm viel besser, die Nachwirkungen der Zeitreise waren verflogen.

Nun gab es natürlich nur ein Thema – ihr Abenteuer auf der *Titanic*. Jeder wusste etwas zu erzählen, was die anderen nicht mitbekommen hatten.

Will sagte:

„Erinnert ihr euch an den blonden Jungen, der das Gitter auf dem F-Deck aufgeschweißt hat?"

„Ich habe den gar nicht gesehen", antwortete Vicky. „Was war denn mit dem?"

„Also ... der war doch kein normaler Passagier! Niemals! Wie der angezogen war und dann dieses hypermoderne Schweißgerät ..."

„Und es gibt ein weiteres Indiz", ergänzte Robert. „Wie kann es sein, dass wir ihn neulich in der

Stadt beobachtet haben, als er dem verletzten Jungen vor dem Einkaufscenter geholfen hat? Das war er doch, da bin ich mir ganz sicher!"

Vicky fragte:

„Was ist ein Indiz?"

„Nun ja, wie soll man das erklären? Ein Indiz ist ein sicherer Hinweis. Eben mehr als eine reine Behauptung, aber leider kein handfester Beweis."

„Danke, du wandelndes Lexikon", sagte sie leicht ironisch.

Musste man das wirklich wissen?

William ließ seine Idee nicht los:

„Vielleicht ist er ein Zeitreisender, ein Junge aus der Zukunft. Vielleicht versucht er, Fehler der Vergangenheit wiedergutzumachen oder ganz zu verhindern … Gutes zu tun … Wer möchte das nicht? Wir haben es ja selbst versucht."

„Dann begeht er den gleichen logischen Fehler wie wir auch", antwortete Robert. „Ich erzähle euch gleich, was ich dazu im Internet gefunden habe. Vorab aber noch etwas, das ich zuerst völlig übersehen hatte: Als wir gestern hier ankamen, war es immer noch 16.15 Uhr. Meine Armbanduhr, die ich auf der *Titanic* anhatte, geht aber zehn Stunden und zehn Minuten vor! Und das ist genau die Zeit, die wir auf der *Titanic* und im Rettungsboot waren: von 16.15 Uhr bis 02.25 Uhr nachts. Ist das nicht merkwürdig? Schaut her!"

Er reichte ihnen seine Armbanduhr, es war nicht zu übersehen.

War das der entscheidende Punkt?

Will schnappte nach Luft:

„Krass! Das kann ja kein Zufall sein. Aber ein richtiger Beweis ist das wohl immer noch nicht."

Und da hatte er leider recht.

Vielleicht würde es sein Vater nach und nach glauben, weil er ihm jetzt Dinge über die *Titanic* erzählen konnte, die bisher völlig unbekannt waren ...

Robert brannte darauf, den anderen mitzuteilen, was er sich letzte Nacht noch überlegt hatte.

(Nebenbei bemerkt: Wollte er nicht zeitig schlafen gehen, wie er es auch seinem Freund geraten hatte?)

„Mir sind heute Nacht noch zwei Dinge eingefallen, für die ich einfach genügend Ruhe und meinen Computer brauchte. Zum einen: Habt ihr euch nicht gewundert, dass die Armbänder auf einmal weg waren? Ich hatte meins zuletzt im Rettungsboot, es blinkte ja auch wie verrückt."

„Was meinst du damit, wo die geblieben sind? Im Wurmloch verschwunden?", fragte Vicky zurück.

„Nein! Wir wissen zwar nicht, woher sie ursprünglich stammen, aber 1912 dürften sie tatsächlich mit untergegangen sein. Das hatte ich schon vor unserer Zeitreise vermutet. Vielleicht sind sie ins Wasser gefallen, als uns der Zeitwirbel mitgerissen hat. Jedenfalls erklärt das doch, warum sie im *Titanic*-Museum lagerten, Will!"

Dem wurde jetzt so einiges klar:

„Dann sind sie ja wirklich vom Meeresgrund geborgen worden! Die waren an der Untergangsstelle und nicht nur zufällig im Keller, wie Mr Durclay glaubte, als wir sie fanden."

Während sie so miteinander sprachen, lichtete sich der Nebel um die vielen Rätsel ihres Abenteuers ein bisschen.

„Und ich habe noch etwas sehr Tröstliches herausbekommen", sagte Robert. „Die ganze Zeit haben wir verzweifelt versucht, die *Titanic* zu retten ... und dabei vergessen, dass das überhaupt nicht möglich war! Denn man kann und darf die Vergangenheit nicht ändern, auch der blonde Junge konnte das letztendlich nicht."

Will hakte nach:

„Warum konnten wir nichts ändern?"

„Ganz einfach: Wäre die *Titanic* nicht gesunken – gäbe es heute dann das Museum hier in Belfast? Oder anders: Stell dir bitte mal vor, einer deiner Vorfahren wäre auf dem Schiff gewesen und ertrunken, weil du seinen Platz im Rettungsboot besetzt hattest ... vielleicht gäbe es dich heute gar nicht! Reine Logik!"

Das war irgendwie schon einleuchtend.

„Es wird klarer, wenn man länger darüber nachdenkt", grinste Robert, „jedenfalls brauchen wir uns überhaupt keine Vorwürfe zu machen: Wir durften die Vergangenheit nicht verändern."

Jetzt sagte Vicky:

„Ich möchte aber auch die guten Sachen in Erinnerung behalten, ob wir sie nun direkt bewirkt haben oder nicht. Der kleine Junge ist hoffentlich gerettet worden und Luigi und Mariella sind es auch."

Will hatte eine Idee, er konnte ihr helfen.

Und das tat er nur zu gern, denn sie war ihm in den letzten Tagen immer mehr ans Herz gewachsen.

„Hey, da lässt sich was machen! Es gibt Passagierlisten mit den Namen aller Geretteten, wie alt sie beim Untergang waren und in welcher Klasse sie reisten. Bei Luigi und Mariella wird die Suche bestimmt etwas mühsam, weil wir nur ihre Vornamen kennen, aber wir haben im Museum alle Unterlagen, die wir dafür brauchen. Wenn du magst, treffen wir uns morgen nach der Schule!"

„Prima", meinte Vicky, „dann schauen wir in Ruhe, ob wir etwas finden!"

Sie lächelte.

Alle drei waren ein richtig gutes Team geworden – und vielleicht war dies ja nicht ihr letztes gemeinsames Abenteuer …

Nachtrag: Was bleibt …

Die Geschichte von Robert, William und Vicky endet hier. Du, liebe Leserin und lieber Leser, hast die drei mittlerweile bestimmt genauso lieb gewonnen wie ich.

Vielleicht möchtest du ja noch wissen, was aus dem Kapitän, dem 1. Offizier und einigen anderen, die in der letzten Nacht der *Titanic* so wichtige Entscheidungen treffen mussten, geworden ist? Und ob die Menschen aus dem Unglück etwas gelernt hatten? Ich erzähle es dir!

Als sich herumsprach, dass das größte Schiff der Welt auf seiner ersten Fahrt untergegangen war, konnten es die Menschen, egal, ob in England, Frankreich oder Amerika, kaum fassen. Sie erkannten auf einmal, dass der technische Fortschritt, der alles möglich zu machen schien, nicht die Natur und ihre gewaltigen Kräfte besiegen konnte.

Immer größer, schneller, besser … das lässt sich nicht unendlich steigern; sich zu überschätzen, kann ein tödlicher Fehler sein. Und so wird Größe tatsächlich gefährlich, wie du schon ganz am Anfang dieses Buches lesen konntest.

Schon einen Tag nach dem Unglück begann man mit den Untersuchungen, wie es dazu kommen konnte – richtige Ergebnisse gab es aber nicht.

Es waren ja, wie du nun auch weißt, viele kleine Fehler, die zur Katastrophe führten.

Und so fand man auch nach wochenlangen Befragungen der Überlebenden niemanden, dem man alleine die Schuld geben konnte.

Kapitän Smith ging mit seinem Schiff unter. Es heißt, er habe zuletzt wie gelähmt auf der Brücke gestanden und dort auf den Tod gewartet.

Bruce Ismay, der Direktor der Reederei, verließ das Schiff in einem der letzten Rettungsboote, während die meisten Männer tapfer an Bord aushielten. Dafür wurde er hinterher heftig kritisiert, man warf ihm Feigheit und Egoismus vor.

Der Architekt der *Titanic, Thomas Andrews*, half den Menschen bis zuletzt, sich zu retten. Er selbst wurde um 02.17 Uhr erschöpft im Rauchsalon der 1. Klasse gesehen, als er dort auf ein Gemälde starrte. Seine Schwimmweste hatte er abgelegt.

Der 1. Offizier, *William McMaster Murdoch*, ging ebenfalls mit der *Titanic* unter und starb, nachdem er so vielen Menschen das Leben gerettet hatte. In seiner Heimatstadt Dalbeattie in Schottland wurde ein Denkmal für ihn errichtet; an der Dalbeattie High School wird bis heute ein „Murdoch Memorial Science Award" für hervorragende Leistungen in der Schule vergeben.

Zur Erinnerung und zur Würdigung seines mutigen Handelns in jener Nacht gibt es übrigens auch in Deutschland eine eigene, sehr informative Website: www.william-mcmaster-murdoch.de

Der 2. Offizier, *Charles Lightoller*, war der ranghöchste Überlebende des Unglücks und der letzte, den die herbeigeeilte *Carpathia* von einem gekenterten Faltboot auffischte.

Vielleicht bereute er es, sich so strikt an den Befehl „Frauen und Kinder zuerst!" gehalten zu haben: Viele Jahre später, mitten im Zweiten Weltkrieg, rettete er nämlich hundertdreißig britische Soldaten, indem er sie alle in sein Boot ließ, obwohl das für so viele Personen überhaupt nicht zugelassen war.

Frederick Fleet, der den verhängnisvollen Eisberg um 23.40 Uhr entdeckt und Alarm geschlagen hatte, überlebte den Untergang. Er konnte aber hinterher nicht genau sagen, wie weit der Eisberg vom Schiff entfernt gewesen war, als er ihn gesichtet hatte. Und auch nicht, wie lange es dann bis zum Zusammenstoß gedauert hatte. Fleet beging dreiundfünfzig Jahre später, im Januar 1965, Selbstmord.

Der Kapitän der *Carpathia*, *Arthur Rostron*, erhielt zahlreiche Auszeichnungen für seine Bemühungen, die *Titanic* so schnell wie möglich zu erreichen und die siebenhundert Überlebenden zu retten. So ehrte ihn Amerika bereits im Juli 1912 mit der Goldmedaille des US-Kongresses, der höchsten Auszeichnung des Landes. 1926 wurde er schließlich in den britischen Ritterorden aufgenommen und zum Commodore befördert.

Vieles, was auf der *Titanic* geschah, wird für immer ungeklärt bleiben, das stolze Schiff hat es mit in die eisige Tiefe genommen.

Aber die Menschen hatten zumindest erkannt, dass so etwas nie wieder passieren durfte. Deshalb wurde schon ein Jahr nach dem Untergang eine internationale Versammlung einberufen, die für mehr Sicherheit auf See sorgen sollte.

Das Ergebnis war die erste Fassung der „International Convention for the Safety of Life at Sea" (SOLAS), die auch heute noch Gültigkeit hat.

Seit dieser Zeit ist es Vorschrift, dass

- jede Person im Notfall eine Rettungsweste hat;
- es immer genügend Plätze in den Rettungsbooten gibt;
- überall auf einem Schiff Lautsprecher angebracht sind, damit die Passagiere schneller informiert werden können;
- mit allen Passagieren das schnelle Verlassen des Schiffes geübt wird;
- die Funkgeräte rund um die Uhr besetzt sind und kein Funker einfach schlafen gehen darf;
- Seenotraketen nie weiß oder blau, sondern immer rot sind;

- die Schotts auf allen Schiffen so hoch gebaut werden, dass eine Überflutung von oben ausgeschlossen ist;
- ein internationaler Eiswarndienst, der von der amerikanischen Küstenwache betrieben wird, die Position der Eisberge im Nordatlantik überwacht;
- die Offiziere auf der Kommandobrücke durch Drücken bestimmter Schalter regelmäßig bestätigen, dass sie hellwach und aufmerksam sind.

Trotz dieser und zahlreicher weiterer Sicherheitsmaßnahmen lässt sich eine Katastrophe, wie sie sich an Bord der *Titanic* ereignete, niemals völlig ausschließen – und so bleibt der Traum vom „unsinkbaren" Schiff.

So tief, wie die *Titanic* im Meer versank, so tief ist sie auch ins Unterbewusstsein aller Menschen gesunken.

Von dort aus funkt sie immer weiter und erinnert uns daran, demütig und bescheiden, aber auch mutig und entschlossen zu sein und unseren Mitmenschen stets zu helfen.

www.tredition.com

Ebenfalls bei tredition erschienen:

Thomas Grieser:
Mobbing macht doch jeder! (Polizeiakte: J.B., 6a)

164 Seiten ● Paperback ● ab 10 J.
ISBN: 978-3-8495-6953-2

Julias Leben ändert sich schlagartig, als Carolin aus Eifersucht einen wahren „Mobbingsturm" gegen sie startet. Was in der Schule beginnt, geht im Internet weiter und ist bald schon nicht mehr zu stoppen …

Das Buch zeichnet sich durch gute Lesbarkeit und eine schülernahe Sprache aus. Es zeigt, wie schrecklich Mobbing ist, enthält aber auch viele praktische Anregungen, was Kinder tun können, wenn sie Mobbing erleben – egal, ob in der Schule oder im Internet. Denn: Mobbing darf nicht sein!

Zeitfracht Medien GmbH
Ferdinand-Jühlke-Straße 7
99095 Erfurt, Deutschland
produktsicherheit@kolibri360.de